사피엔스 한국문학	이태준
중·단편소설	달밤 ǀ 복덕방
11	패강랭 ǀ 사냥

「사피엔스²¹」

사피엔스 한국문학 중·단편소설 11
이태준 달밤

초판 1쇄 펴낸날 2012년 7월 6일
초판 5쇄 펴낸날 2022년 1월 10일

지은이 이태준
엮은이 신두원
펴낸이 최병호
본문 일러스트 이경하
펴낸곳 (주)사피엔스21
주소 10403 경기도 고양시 일산동구 중앙로 1233 현대타운빌 205
전화 031)902-5770 **팩스** 031)902-5772
출판등록 제22-3070호
ISBN 978-89-6588-132-2 44810
ISBN 978-89-6588-072-1 (세트)

*파본은 교환해 드립니다.
*이 책에 실린 모든 내용에 대한 권리는 (주)사피엔스21에 있으므로
  무단으로 전재하거나 복제, 배포할 수 없습니다.

이태준

달밤
복덕방
패강랭
사냥

사피엔스 한국문학 중·단편소설 11 | 엮은이 · 신두원

사피엔스 한국문학 - 중·단편소설을 펴내며

『사피엔스 한국문학』은 청소년과 일반 성인이 한국 문학을 대표하는 작가들의 대표 작품을 편하게 읽으면서도 한국 현대 문학의 흐름을 이해하는 데 다소라도 도움이 되도록 기획한 선집(選集)입니다. 이미 다수의 한국 문학 선집이 시중에 출간되어 있으나, 이번 선집은 몇 가지 점에서 이전 선집들과의 차별화를 시도하였습니다.

첫째, 안정되고 정확한 텍스트를 독자에게 제공하는 데 주안점을 두었습니다. 문학 작품은 말 그대로 언어라는 실로 짠 화려한 양탄자입니다. 더군다나 한국 문학을 대표하는 작가들의 대표 작품들이라면 두말할 나위가 없겠지요. 이들 작품을 감상하는 데 있어서 정확하면서도 편안한 텍스트를 제공하는 것은 선집이 지녀야 할 핵심 덕목이라고 할 수 있습니다. 그래서 이번 선집은 각 작품의 최초 발표본과 작가 생애 최후의 판본, 그리고 가장 최근에 발간된 비판적 판본(critical version) 등을 참조하여 텍스트에 정확성을 최대한 기하되, 현대인이 읽기 쉽도록 표기를 다듬었습니다. 또한 낯설거나 어려운 낱말에 대한 풀이를 두어서 작품 감상의 흐름이 끊어지지 않고 작품에 자연스럽게 몰입할 수 있도록 편집하는 데 많은 노력을 기울였습니다.

둘째, 선집에 포함될 작가와 작품을 선정하는 데 고심에 고심을 기울였습니다. 물론 기존 문학 선집들의 경우에도 작가 및 작품 선정에 그 나름의 고심을 기울였을 것입니다. 하지만 문학 선집이라는 것은 시대의 흐름과 독자의 취향, 현대적 문제의식 등을 종합적으로 고려해야 하는 것이어서, 시간이 지나고 세상이 바뀌면 작가 및 작품의 선정 기준과 원칙도 달라질 수밖에 없습니다. 이번 선집은 이러한 점들을 고려하여 작가와 작품을 엄선하되, 오늘을 살아가는 청소년과 일반 성인들이 갖고 있는 문제의식 및 취향에 부합할 수 있도록 노력하였습니다.

셋째, 청소년을 위한 최선의 한국 문학 선집이 될 수 있도록 하였습니다. 오늘날 세상은 디지털 문명으로 매우 빠르게 흘러가고, 우리 청소년들은 입시의 중압감과 온갖 뉴미디어의 홍수 속에서 자칫 마음을 키우고 생각을 넓히는 데 소홀해지기 쉽습니다. 이러한 정보의 홍수와 경쟁의 급류 속에서 문학은 자칫 잃기 쉬운 성찰의 기회를 제공해 줍니다. 시대와 호흡하면서 인간의 삶이 제기하는 다양한 문제를 다채롭게 형상화한 작품을 읽으며, 그 작품 속에 그려진 세상과 인물에 공감하면서 때로는 충격을 받고, 때로는 고민에 휩싸이며, 그 속에서 새로운 자아를 발견하는 과정을 통해 청소년들이 깊은 생각과 넓은 마음을 키울 수 있을 것이라 확신합니다. 작품별로 자세한 해설을 달고 그 해설에서 문학 교육의 핵심 내용을 비중 있게 다룬 것 또한 청소년 독자를 위한 배려에서 비롯된 것입니다.

문학 선집을 엮는 일은 두렵고도 설레는 일입니다. 감히 작가와 작품을 고른다는 것도 두려운 일이었거니와, 이 선집을 시대가 요구하는 최고의 선집으로 만들어야겠다는 사명감도 이번 문학 선집을 엮는 과정에서 저희 엮은이들과 편집자들의 어깨를 짓누르는 한편 가슴 벅찬 기대를 품게 만들었습니다. 부디 이 선집으로 많은 이들이 한국 문학의 정수(精髓)를 만끽하길 바랍니다. 그리고 날카로운 질책과 따스한 성원을 아울러 기대합니다.

끝으로 이 자리를 빌려 물심양면으로 선집의 출간을 뒷받침해 주신 (주)사피엔스21의 권일경 대표 이사님 이하 편집부 직원 모두에게 감사를 드립니다. 또한 이 선집을 위해 작품의 출간을 허락하신 작가들과 저작권을 위임받아 여러 편의를 제공해 준 한국문예학술저작권협회 측에도 감사의 말을 전합니다.

엮은이 대표 _신두원

일러두기

1. 수록 작품은 최초 발표본과 작가 생애 최후의 판본, 그리고 가장 최근에 발간된 비판적 판본(critical version) 등을 참조하여 텍스트를 확정했습니다. 참조한 판본은 작품 뒤에 밝혔습니다.
2. 한 작가의 작품 배열은 청소년들의 눈높이와 문학사적인 지명도를 고려하여 그 순서를 정하였습니다.
3. 뜻풀이가 필요하다고 판단되는 낱말과 문장은 본문 아래쪽에 그 풀이를 달았습니다.
4. 표기는 원문에 충실히 따르는 것을 원칙으로 하되, 맞춤법과 띄어쓰기는 최대한 현행 표기법을 따랐습니다. 단, 해당 작가만의 개성이 묻어 있는 말이나 방언, 속어, 고어 등은 최대한 원문대로 살려 놓았습니다.
5. 위의 원칙들은 작가에 따라, 지문과 대화에 따라, 문체에 따라, 문맥에 따라 적용의 정도가 달라질 수 있습니다.

차례

간행사 4

달밤 10

복덕방 40

패강랭 80

사냥 114

작가 소개 146

달밤

 '마이너리티(minority)'라는 말이 있지요. '소수자 집단'을 의미하는 말로, 사회에서 주류를 이루며 살아가는 사람들과 달리, 주류에서 배제되어 어렵게 살아가는 사람들을 일컫지요. 요즘 사회에서도 이들의 어려운 삶이 중요한 사회 문제가 되고 있는데, 일제 강점기에도 이들의 존재에 관심을 기울인 작품들이 있어요. 그중 대표적인 작품이 바로 이 〈달밤〉인데요, 이 작품에서 '소수자'라는 존재가 어떻게 그려지고 있는지 감상해 보아요.

성북동(城北洞)으로 이사 나와서 한 대엿새 되었을까, 그날 밤 나는 보던 신문을 머리맡에 밀어 던지고 누워 새삼스럽게,

"여기도 정말 시골이로군!"

하였다.

무어 바깥이 컴컴한 걸 처음 보고 시냇물 소리와 쏴— 하는 솔바람 소리를 처음 들어서가 아니라 황수건이라는 사람을 이 날 저녁에 처음 보았기 때문이다.

그는 말 몇 마디 사귀지 않아서 곧 못난이란 것이 드러났다. 이 못난이는 성북동의 산들보다, 물들보다, 조그만 지름길들보다, 더 나에게 성북동이 시골이란 느낌을 풍겨 주었다.

서울이라고 못난이가 없을 리야 없겠지만 대처에서는 못난이들이 거리에 나와 행세를 하지 못하고, 시골에선 아무리 못난

대처(大處) 도회지(都會地). 사람이 많이 살고 상공업이 발달한 번잡한 지역.

이라도 마음 놓고 나와 다니는 때문인지, 못난이는 시골에만 있는 것처럼 흔히 시골에서 잘 눈에 뜨인다. 그리고 또 흔히 그는 태고 때 사람처럼 그 우둔하면서도 천진스러운 눈을 가지고, 자기 동리에 처음 들어서는 손에게 가장 순박한 시골의 정취를 돋워 주는 것이다.

그런데 그날 밤 황수건이는 열 시나 되어서 우리 집을 찾아왔다.

그는 어두운 마당에서 꽥 지르는 소리로,

"아, 이 댁이 문안서……."

하면서 들어섰다. 잡담 제하고 큰일이나 난 사람처럼 건넌방 문 앞으로 달려들더니,

"저, 저 문안 서대문 거리라나요, 어디선가 나오신 댁입쇼?"

한다.

보니 핫피는 안 입었으되 신문을 들고 온 것이 신문 배달부다.

"그렇소, 신문이오?"

"아, 그런 걸 사흘이나 저, 저 건너쪽에만 가 찾었습죠. 제기……."

태고(太古) 아득한 옛날.
손 다른 곳에서 찾아온 사람. 손님.
정취(情趣) 깊은 정서를 자아내는 흥취.
문안(門-) 서울의 사대문 안.
　사대문(四大門) 조선 시대에, 서울에 있던 네 대문. 동쪽의 흥인지문(동대문), 서쪽의 돈의문(서대문), 남쪽의 숭례문(남대문), 북쪽의 숙정문을 이른다.
제하다(除--) 덜어 내거나 빼다.
핫피(法被) 가게 이름이나 상표 등을 등이나 옷깃에 찍은 겉옷을 이르는 일본어.

하더니 신문을 방에 들이뜨리며,

"그런뎁쇼, 왜 이렇게 죄꼬만 집을 사구 와 겝쇼. 아, 내가 알었더면 이 아래 큰 개와집[기와집]도 많은걸입쇼……."

한다. 하 말이 황당스러 유심히 그의 생김을 내다보니 눈에 얼른 두드러지는 것이 빡빡 깎은 머리로되 보통 크다는 정도 이상으로 골이 크다. 그런데다 옆으로 보니 짱구 대가리다.

"그렇소? 아무튼 집 찾느라고 수고했소."

하니 그는 큰 눈과 큰 입이 일시에 히죽거리며,

"뭘입쇼, 이게 제 업인뎁쇼."

하고 날래 물러서지 않고 목을 길게 빼어 방 안을 살핀다. 그러더니 묻지도 않는데,

"저는입쇼, 이 동네 사는 황수건이라 합니다……."

하고 인사를 붙인다. 나도 깍듯이 내 성명을 대었다. 그는 또 싱글벙글하면서,

"댁엔 개가 없구먼입쇼."

한다.

"아직 없소."

하니,

들이뜨리다 안쪽으로 아무렇게나 막 집어넣다.
하 정도가 매우 심하거나 큼을 강조하여 이르는 말. '아주', '몹시'의 뜻을 나타낸다.
업(業) 직업.
날래 '빨리'의 사투리.

"개 그까짓 거 두지 마십쇼."

한다.

"왜 그렇소?"

물으니, 그는 얼른 대답하는 말이,

"신문 보는 집엔입쇼, 개를 두지 말아야 합니다."

한다. 이것 재미있는 말이다 하고 나는,

"왜 그렇소?"

하고 또 물었다.

"아, 이 뒷동네 은행소에 댕기는 집엔입쇼, 망아지만 한 개가 있는뎁쇼, 아, 신문을 배달할 수가 있어얍죠."

"왜?"

"막 깨물랴고 덤비는걸입쇼."

한다. 말 같지 않아서 나는 웃기만 하니 그는 더욱 신을 낸다.

"그눔의 갠 그저, 한번, 양떡을 멕여 대야 할 텐데……."

하면서 주먹을 부르대는데 보니, 손과 팔목은 머리에 비기어 반비례로 작고 가느다랗다.

"어서 곤할 텐데 가 자시오."

하니 그는 마지못해 물러서며,

양떡 문맥상 '주먹쑥떡', 즉 남에게 욕을 하는 뜻으로 '주먹을 쥔 손을 다른 쪽 손으로 감쌌다가 앞으로 내미는 짓'을 이름.
부르대다 거친 말로 남을 나무라는 것처럼 야단스럽게 떠들어 대다.
곤하다(困--) 기운이 없어 나른하다. 피곤하다.

"선생님, 참 이 선생님 편안히 주믑쇼. 저이 집은 여기서 얼마 안 되는걸입쇼."

하더니 돌아갔다.

그는 이튿날 저녁, 집을 알고 오는데도 아홉 시가 지나서야,

"신문 배달해 왔습니다."

하고 소리를 치며 들어섰다.

"오늘은 왜 늦었소?"

물으니,

"자연 그럽죠."

하고 다른 이야기를 꺼냈다.

자기는 워낙 이 아래 있는 삼산 학교에서 일을 보다 어떤 선생하고 뜻이 덜 맞아 나왔다는 것, 지금은 신문 배달을 하나 원배달이 아니라 보조 배달이라는 것, 저의 집엔 양친과 형님 내외와 조카 하나와 저의 내외까지 식구가 일곱이라는 것, 저의 아버지와 저의 형님의 이름은 무엇무엇이며, 자기 이름은 황가인 데다가 목숨 수(壽) 자하고 세울 건(建) 자로 황수건이기 때문에, 아이들이 노랑수건이라고 놀려서 성북동에서는 가가호호에서 노랑수건 하면, 다 자긴 줄 알리라고 자랑스럽게 이야기하다가 이날도,

"어서 그만 다른 집에도 신문을 갖다 줘야 하지 않소?"

가가호호(家家戶戶) 집집마다.

하니까 그때서야 마지못해 나갔다.

우리 집에서는 그까짓 반편과 무얼 대꾸를 해 가지고 그러느냐 하되, 나는 그와 지껄이기가 좋았다.

그는 아무것도 아닌 것을 가지고 열심스럽게 이야기하는 것이 좋았고, 그와는 아무리 오래 지껄이어도 힘이 들지 않고, 또 아무리 오래 지껄이고 나도 웃음밖에는 남는 것이 없어 기분이 거뜬해지는 것도 좋았다. 그래서 나는 무슨 일을 하는 중만 아니면 한참씩 그의 말을 받아 주었다.

어떤 날은 서로 말이 막히기도 했다. 대답이 막히는 것이 아니라 무슨 말을 해야 할까 하고 막히었다. 그러나 그는 늘 나보다 빠르게 이야깃거리를 잘 찾아냈다. 오뉴월인데도 '꿩고기를 잘 먹느냐?'고도 묻고, '양복은 저고리를 먼저 입느냐, 바지를 먼저 입느냐?'고도 묻고 '소와 말과 싸움을 붙이면 어느 것이 이기겠느냐?'는 둥, 아무튼 그가 얘깃거리를 취재하는 방면은 기상천외로 여간 범위가 넓지 않은 데는 도저히 당할 수가 없었다. 하루는 나는 '평생소원이 무엇이냐?'고 그에게 물어보았다. 그는 '그까짓 것쯤 얼른 대답하기는 누워서 떡 먹기'라고 하면서 평생소원은 자기도 원배달이 한번 되었으면 좋겠다는 것이었다.

❋ **우리 집에서는** 우리 집사람, 즉 아내는.
반편(半偏) 반편이. 지능이 보통 사람보다 모자라는 사람을 낮잡아 이르는 말.
기상천외(奇想天外) 착상이나 생각 등이 쉽게 짐작할 수 없을 정도로 기발하고 엉뚱함.

남이 혼자 배달하기 힘들어서 한 이십 부 떼어 주는 것을 배달하고, 월급이라고 원배달에게서 한 삼 원 받는 터이라, 월급을 이십여 원을 받고 신문사 옷을 입고 방울을 차고 다니는 원배달이 제일 부럽노라 하였다. 그리고 방울만 차면 자기도 뛰어다니며 빨리 돌릴 뿐 아니라 그 은행소에 다니는 집 개도 조금도 무서울 것이 없겠노라 하였다.

그래서 나는 '그럴 것 없이 아주 신문사 사장쯤 되었으면 원배달도 바랄 것 없고 그 은행소에 다니는 집 개도 상관할 바 없지 않겠느냐?' 한즉 그는 뚱그래지는 눈알을 한참 굴리며 생각하더니 '딴은 그렇겠다'고 하면서, 자기는 경난이 없어 거기까지는 바랄 생각도 못하였다고 무릎을 치듯 가슴을 쳤.

그러나 신문 사장은 이내 잊어버리고 원배달만 마음에 박혔던 듯, 하루는 바깥마당에서부터 무어라고 떠들어 대며 들어왔다.

"이 선생님? 이 선생님 곕쇼? 아, 저도 내일부턴 원배달이올시다. 오늘 밤만 자면입쇼……."

한다. 자세히 물어보니 성북동이 따로 한 구역이 되었는데, 자기가 맡게 되었으니까 내일은 배달복을 입고 방울을 막 떨렁거리면서 올 테니 보라고 한다. 그리고 '사람이란 게 그렇게 무어든지 끝을 바라고 붙들어야 한다'고 나에게 일러 주면서 신이

경난(經難) 어려운 일을 겪음. 또는 그 어려움.

나서 돌아갔다.

　우리도 그가 원배달이 된 것이 좋은 친구가 큰 출세나 하는 것처럼 마음속으로 진실로 즐거웠다. 어서 내일 저녁에 그가 배달복을 입고 방울을 차고 와서 쭐렁거리는 것을 보리라 하였다.

　그러나 이튿날 그는 오지 않았다. 밤이 늦도록 신문도 그도 오지 않았다. 그다음 날도 신문도 그도 오지 않다가 사흘째 되는 날에야, 이날은 해도 지기 전인데 방울 소리가 요란스럽게 우리 집으로 뛰어들었다.

　'어디 보자!'
하고 나는 방에서 뛰어나갔다.

　그러나 웬일일까, 정말 배달복에 방울을 차고 신문을 들고 들어서는 사람은 황수건이가 아니라 처음 보는 사람이다.

　"왜 전엣 사람은 어디 가고 당신이오?"
　물으니 그는,
　"제가 성북동을 맡았습니다."
한다.
　"그럼, 전엣 사람은 어디를 맡았소?"
하니 그는 픽 웃으며,

쭐렁거리다 1. 물 등이 큰 물결을 이루며 자꾸 흔들리다. 2. 매우 가볍고 경망스럽게 자꾸 행동하다.

"그까짓 반편을 어딜 맡깁니까? 배달부로 쓸랴다가 똑똑지가 못하니까 안 쓰고 말았나 봅니다."

한다.

"그럼 보조 배달도 떨어졌소?"

하니,

"그럼요, 여기가 따루 한 구역이 된걸요."

하면서 방울을 울리며 나갔다.

이렇게 되었으니 황수건이가 우리 집에 올 길은 없어지고 말았다. 나도 가끔 문안엔 다니지만 그의 집은 내가 다니는 길 옆은 아닌 듯 길가에서도 잘 보이지 않았다.

나는 가까운 친구를 먼 곳에 보낸 것처럼, 아니 친구가 큰 사업에나 실패하는 것을 보는 것처럼, 못 만나는 섭섭뿐이 아니라* 마음이 아프기도 하였다. 그 당자와 함께 세상의 야박함이 원망스럽기도 하였다.

한데 황수건은 그의 말대로 노랑수건이라면 온 동네에서 유명은 하였다. 노랑수건 하면 누구나 성북동에서 오래 산 사람이면 먼저 웃고 대답하는 것을 나는 차츰 알았다.

내가 잠깐씩 며칠 보기에도 그랬거니와 그에겐 우스운 일화

✤ **못 만나는 섭섭뿐이 아니라** 못 만나서 섭섭할 뿐만 아니라.
당자(當者) 바로 그 사람. 당사자.
일화(逸話) 세상에 널리 알려지지 아니한 흥미 있는 이야기.

도 한두 가지가 아니었다.

　삼산 학교에 급사로 있을 시대에 삼산 학교에다 남겨 놓고 나온 일화도 여러 가지라는데, 그중에 두어 가지를 동네 사람들의 말대로 옮겨 보면, 역시 그때부터도 이야기하기를 대단 즐기어 선생들이 교실에 들어간 새, 손님이 오면 으레 손님을 앉히고는 자기도 걸상을 갖다 떡 마주 놓고 앉는 것은 무론, 마주 앉아서는 곧 자기류의 만담 삼매로 빠지는 것인데, 한번은 도 학무국에서 시학관이 나온 것을 이따위로 대접하였다. 일본 말을 못하니까 만담은 할 수 없고 마주 앉아서 자꾸 일본 말을 연습하였다.

　"셴세이 히, 오하요 고자이마스카(선생님, 안녕하세요)?……히히 아메가 후리마스(비가 옵니다). 유키가 후리마스카(눈이 옵니까)? 히히……."

　시학관도 인정이라 처음엔 웃었다. 그러나 열 번 스무 번을 되풀이하는 데는 성이 나고 말았다. 선생들은 아무리 기다려도 종소리가 나지 않으니까, 한 선생이 나와 보니 종 칠 것도 잊어

급사(給仕) 관청이나 회사, 가게 등에서 잔심부름을 시키기 위하여 부리는 사람.
무론(無論/毋論) 물론.
만담(漫談) 재미있고 익살스럽게 세상이나 인정을 비판·풍자하는 이야기를 함. 또는 그 이야기.
삼매(三昧) 잡념을 떠나서 오직 하나의 대상에만 정신을 집중하는 경지.
학무국(學務局) 대한 제국 및 일제 강점기 때에, 각 학교와 외국 유학생에 관한 일을 맡아보던 관청.
시학관(視學官) 일제 강점기에, 학무국에 속하여 관내(管內)의 학사 시찰을 맡아보던 고등관.
✤ 인정이라 인정이 있어서.

버리고 손님과 마주 앉아서 '오하요 유키가 후리마스카……' 하는 판이다.

그날 수건이는 선생들에게 단단히 몰리고 다시는 안 그러겠노라고 했으나, 그 버릇을 고치지 못해서 그예 쫓겨 나오고 만 것이다.

그는 "너의 색시 달아난다." 하는 말을 제일 무서워했다 한다. 한번은 어느 선생이 장난의 말로,

"요즘 같은 따뜻한 봄날엔 옛날부터 색시들이 달아나기를 좋아하는데 어제도 저 아랫말(아랫마을)에서 둘이나 달아났다니까 오늘은 이 동리에서 꼭 달아나는 색시가 있을걸……."

했더니 수건이는 점심을 먹다 말고 눈이 휘둥그레졌다 한다. 그리고 그날 오후에는 어서 바삐 하학을 시키고 집으로 갈 양으로 오십 분 만에 치는 종을 이십 분 만에, 삼십 분 만에 함부로 다그서 쳤다는 이야기도 있다.

하루는 나는 거의 그를 잊어버리고 있을 때,

"이 선생님 곕쇼?"

하고 수건이가 찾아왔다. 반가웠다.

그예 마지막에 가서는 기어이.
하학(下學) 학교에서 그날의 수업을 마침.
양(樣) (어미 '-을' 뒤에 '양으로', '양이면' 꼴로 쓰여) '의향'이나 '의도'의 뜻을 나타내는 말.
다그다 1. 시간이나 날짜를 예정보다 앞당기다. 2. 어떤 일을 서두르다.

"선생님, 요즘 신문이 걸르지 않고 잘 옵죠?"

하고 그는 배달 감독이나 되어 온 듯이 묻는다.

"잘 오, 왜 그류?"

한즉 또,

"늦지도 않굽쇼, 일쯕이 제때마다 꼭꼭 옵죠?"

한다.

"당신이 돌릴 때보다 세 시간은 일쯕이 오고 날마다 꼭꼭 잘 오."

하니 그는 머리를 벅적벅적 긁으면서,

"하루라도 걸르기만 해라. 신문사에 가서 대뜸 일러바치지……."

하고 그 빈약한 주먹을 부르댄다.

"그런뎁쇼, 선생님?"

"왜 그류?"

"삼산 학교에 말씀예요, 그 제 대신 들어온 급사가 저보다 근력이 세게 생겼습죠?"

"나는 그 사람을 보지 못해서 모르겠소."

하니 그는 은근한 말소리로 히죽거리며,

"제가 거길 또 들어가 볼라굽쇼, 운동을 합죠."

근력(筋力) 근육의 힘. 또는 그 힘의 지속성.
은근하다(慇懃--) 행동 등이 함부로 드러나지 아니하고 은밀하다.

한다.

"어떻게 운동을 하오?"

"그까짓 거 날마당 사무실로 갑죠. 다시 써 달라고 졸라 댑죠. 아, 그랬더니 새 급사란 녀석이 저보다 크기가 무척 큰뎁쇼, 이 녀석이 막 불근댑니다그려. 그래 한번 쌈을 해야 할 턴뎁쇼, 그 녀석이 근력이 얼마나 센지 알아야 뎀벼들 턴뎁쇼……, 허."

"그렇지, 멋모르고 대들었다 매만 맞지."

하니 그는 한 걸음 다가서며 또 은근한 말을 한다.

"그래섭쇼, 엊저녁엔 큰 돌멩이 하나를 굴려다 삼산 학교 대문에다 놨습죠. 그리구 오늘 아침에 가 보니깐 없어졌는뎁쇼. 이 녀석이 나처럼 억지루 굴려다 버렸는지, 뻔쩍 들어다 버렸는지 그만 못 봤거든입쇼, 제—길……."

하고 머리를 긁는다. 그러더니 갑자기 무얼 생각한 듯 손뼉을 탁 치더니,

"그런뎁쇼, 제가 온 건입쇼, 댁에선 우두를 넣지 마시라구 왔

불근대다 불근거리다. 1. 질기고 단단한 물건이 입 안에서 자꾸 씹히다. 2. 여기저기서 잇따라 갑자기 불룩불룩하게 솟아오르다. 2와 유사한 말로 '불뚝거리다(불뚝대다)'가 있는데, 이는 '무뚝뚝한 성미로 갑자기 자꾸 성을 내다'라는 뜻으로도 쓰인다. 여기에서의 '불근대다'는 '불근거리다'의 의미로 볼 수 있다.

우두(牛痘) 천연두를 예방하기 위하여 소에서 뽑은 면역 물질.

천연두(天然痘) 천연두 바이러스가 일으키는 급성의 법정 전염병. 열이 몹시 나고 온몸에 발진(發疹)이 생겨 딱지가 저절로 떨어지기 전에 긁으면 피부 군데군데에 둥그스름하게 푹 패거나 들어가는 등의 흠이 생기게 된다. 전염력이 매우 강하며 사망률도 높았으나, 최근에는 예방 주사로 인해 치사율이 높지 않다.

습죠."

한다.

"우두를 왜 넣지 말란 말이오?"

한즉,

"요즘 마마가 다닌다구 모두 우두들을 넣는뎁쇼, 우두를 넣으면 사람이 근력이 없어지는 법인뎁쇼."

하고 자기 팔을 걷어 올려 우두 자리를 보이면서,

"이걸 봅쇼. 저두 우두를 이렇게 넣었기 때문에 근력이 줄었습죠."

한다.

"우두를 넣으면 근력이 준다고 누가 그럽디까?"

물으니 그는 싱글거리며,

"아, 제가 생각해 냈습죠."

한다.

"왜 그렇소?"

하고 캐니,

"뭘…… 저 아래 윤금보라고 있는데 기운이 장산뎁쇼. 아 삼산 학교 그 녀석두 우두만 넣었다면 그까짓 것 무서울 것 없는뎁쇼, 그걸 모르겠거든입쇼……."

한다. 나는,

마마(媽媽) '천연두'를 일상적으로 이르는 말.

"그렇게 용한 생각을 하고 일러 주러 왔으니 아주 고맙소."

하였다. 그는 좋아서 벙긋거리며 머리를 긁었다.

"그래 삼산 학교에 다시 들기만 기다리고 있소?"

물으니 그는,

"돈만 있으면 그까짓 거 누가 고즈카이 노릇을 합쇼. 밑천만 있으면 삼산 학교 앞에 가서 뻐젓이 장사를 할 턴뎁쇼."

한다.

"무슨 장사?"

"아, 방학될 때까지 차미 장사도 하굽쇼, 가을부턴 군밤 장사, 왜떡 장사, 습자지, 도화지 장사 막 합죠. 삼산 학교 학생들이 저를 어떻게 좋아하겝쇼. 저를 선생들보다 낫게 치는뎁쇼."

한다.

나는 그날 그에게 돈 삼 원을 주었다. 그의 말대로 삼산 학교 앞에 가서 뻐젓이 참외 장사라도 해 보라고. 그리고 돈은 남지 못하면 돌려오지 않아도 좋다 하였다.

그는 삼 원 돈에 덩실덩실 춤을 추다시피 뛰어나갔다. 그리고 그 이튿날,

고즈카이〔小使〕 '잔심부름하는 급사, 사환'을 이르는 일본어.
차미 '참외'의 사투리.
왜떡 밀가루나 쌀가루를 반죽하여 얇게 늘여서 구운 과자. 일본식 떡이라는 의미에서 '왜떡'이라 한다.
습자지(習字紙) 글씨 쓰기를 연습할 때 쓰는 얇은 종이.

"선생님 잡수시라굽쇼."

하고 나 없는 때 참외 세 개를 갖다 두고 갔다.

그러고는 온 여름 동안 그는 우리집에 얼른하지 않았다.

들으니 참외 장사를 해 보긴 했는데 이내 장마가 들어 밑천만 까먹었고, 또 그까짓 것보다 한 가지 놀라운 소식은 그의 아내가 달아났단 것이다. 저희끼리 금실은 괜찮았건만 동서가 못 견디게 굴어 달아난 것이라 한다. 남편만 남 같으면 따로 살림 나는 날이나 기다리고 살 것이나 평생 동서 밑에 살아야 할 신세를 생각하고 달아난 것이라 한다.

그런데 요 며칠 전이었다. 밤인데 달포 만에 수건이가 우리집을 찾아왔다. 웬 포도를 큰 것으로 대여섯 송이를 종이에 싸지도 않고 맨손에 들고 들어왔다. 그는 벙긋거리며 첫마디로,

"선생님 잡수라고 사 왔습죠."

하는 때였다. 웬 사람 하나가 날쌔게 그의 뒤를 따라 들어오더니 다짜고짜로 수건이의 멱살을 움켜쥐고 끌고 나갔다. 수건이는 그 우둔한 얼굴이 새하얗게 질리며 꼼짝 못하고 끌려 나갔다.

얼른하다 얼씬하다. 조금 큰 것이 눈앞에 잠깐 나타났다 없어지다.
금실(琴瑟) 부부간의 사랑.
동시(同壻) 시아주버니나 시동생의 아내, 혹은 처제나 처형의 남편을 이르는 말. 황수건은 형의 내외와 같이 살고 있으므로 황수건의 아내에게 동서는 시아주버니의 아내인 황수건의 형수를 가리킨다.
❋ 남편만 남 같으면 남편이 반편이 아니라 남과 같이 정상적인 인물이라면.
달포 한 달이 조금 넘는 기간.

나는 수건이가 포도원에서 포도를 훔쳐 온 것을 직각하였다. 쫓아 나가 매를 말리고 포도 값을 물어 주었다. 포도 값을 물어 주고 보니 수건이는 어느 틈에 사라지고 보이지 않았다.

나는 그 다섯 송이의 포도를 탁자 위에 얹어 놓고 오래 바라보며 아껴 먹었다. 그의 은근한 순정의 열매를 먹듯 한 알을 가지고도 오래 입 안에 굴려 보며 먹었다.

어제다. 문안에 들어갔다 늦어서 나오는데 불빛 없는 성북동 길 위에는 밝은 달빛이 깁을 깐 듯하였다.

그런데 포도원께를 올라오노라니까 누가 맑지도 못한 목청으로,

"사……케……와 나……미다카 다메이……키……카……
(술은 눈물인가 한숨인가)."

를 부르며 큰길이 좁다는 듯이 휘적거리며 내려왔다. 보니까 수건이 같았다. 나는,

"수건인가?"

하고 아는 체하려다 그가 나를 보면 무안해할 일이 있는 것을 생각하고, 휙 길 아래로 내려서 나무 그늘에 몸을 감추었다.

포도원(葡萄園) 포도밭.
직각하다(直覺--) 보거나 듣는 즉시 곧바로 깨닫다.
깁 명주실로 바탕을 조금 거칠게 짠 비단.
휘적거리다 걸을 때에 두 팔을 자꾸 몹시 휘젓다.

그는 길은 보지도 않고 달만 쳐다보며, 노래는 그 이상은 외우지도 못하는 듯 첫 줄 한 줄만 되풀이하면서 전에는 본 적이 없었는데 담배를 다 퍽퍽 빨면서 지나갔다.

달밤은 그에게도 유감한 듯하였다.

■「중앙」(1933. 11) ; 『달밤』(한성도서, 1934)

유감하다(遺憾--) 마음에 차지 아니하여 섭섭하다.

달밤 작품 해설

등장인물 들여다보기

황수건

황수건은 '못난이', '반편' 등으로 지칭되고 아이들에게도 놀림을 받을 정도로 모자라지만, 천진하고 순박한 성격을 잃지 않고 있는 인물입니다. 작품 속 서술자인 '나'가 성북동으로 이사 온 후 다른 무엇보다도 '시골'을 느끼게 해 주는 존재로 등장하지요. '나'와 나누는 대화나 그의 예전 일화를 통해, 그가 기발하고 남과 이야기하기를 좋아하며 자기에게 편한 방식으로 세상과 사물을 이해하는 성격임이 여실히 드러납니다.

신문 배달을 하고 있으나 원배달이 아니라 외따로 떨어져 있는 집에만 겨우 몇 부 배달하는 보조 배달을 하며 살아가고 있는 그는, 원배달이 되는 것이 꿈이었으나 보조 배달마저도 떼이게 됩니다. 그러다 '나'의 도움을 받아 참외 장사를 해 보지만 그 역시 날씨 때문에 실패하게 됩니다. 어느 날 그의 아내마저도 그를 버리고 달아나 실의에 빠지지요. 그러나 그는 '나'에게 입은 은혜를 무슨 수를 써서라도 갚으려고 하는 등 순진한 면모를 잃지 않아요. 황수건은 사회적 약자로서 자신의 이익을 지키고자 애쓰지만 결국은 실패하고 마는 사회적 약자를 포용하지 못하는 근대 경쟁 사회의 비정한 면을 드러내 주는 인물입니다.

나

'나'는 작품의 서술자이자 작가의 분신과 같은 존재로서, 사회적 약자인 황수건의 처지에 깊은 공감과 연민을 느끼는 인물입니다. 이태준의 작품에는 이와 같이 작가 자신과 동일시될 수 있는 1인칭 서술자가 자주 등장해요. 이 작품에서도 '나'는 황수건의 이야기를 독자들에게 전달해 주는 서술자 역할을 합니다. 그 자신이 어떤 인물인지에 대한 정보가 작품 속에 거의 주어져 있지는 않지만, 이 작품을 쓰던 무렵에 작가가 성북동으로 이사했다는 작가의 전기적 사실에 비추어 보았을 때 작품 속 '나'는 작가의 분신 같은 존재라는 것을 알 수 있어요.

작품 속에서의 '나'의 역할은 단순히 황수건의 이야기를 독자들에게 전달해 주는 데만 그치지는 않습니다. '나'는 엉뚱한 이야기를 늘어놓아 다른 사람들에게 놀림을 잘 당하는 황수건의 이야기에 귀를 기울여 줄 뿐 아니라 그에게 공감과 연민을 느끼며, 나아가 그가 보조 배달에서도 밀려나자 참외 장사를 할 수 있도록 밑천을 대 주는 등 그를 물심양면으로 도와주지요. 황수건이 자신에게 입은 은혜를 갚기 위해 포도를 훔쳐 와도 포도 값을 대신 물어 주고는 그 포도에 깃든 황수건의 정성을 오래 음미하며 아껴 먹기도 합니다. 그러면서 '나'는 불운해지기만 하는, 사회적 약자로서의 황수건의 처지에 깊은 안타까움을 느낍니다.

● 작품 Q&A

"선생님, 궁금해요!"

Q 이 작품의 시간적, 공간적 배경에 대해 설명해 주세요.

A 이 작품은 '나'가 성북동으로 이사를 가면서부터 시작됩니다. '나'가 그곳에서 황수건이라는 인물을 만나 그의 인생이 진행되는 걸 지켜보는 게 작품의 주된 내용이지요. 그러니까 공간적 배경은 성북동이에요. 성북동은 서울에 있는 한 동네로, 도성 북쪽에 있어서 성북동이라는 이름이 붙여졌어요. 지금은 서울 안에 있고 당연히 도회지에 포함되지만, 이 작품에서는 '시골'로 나오지요. '나'는 문안, 즉 서울의 사대문 안에서 살다가 막 시골인 성북동으로 이사를 나온 참이에요. 그러니까 그 당시만 하더라도 서울의 사대문(동대문, 남대문, 서대문, 그리고 북쪽의 숙정문) 안이 도회지였고, 그 밖을 벗어나면 곧바로 시골이었던 거예요. 그리고 서울의 사대문을 연결하여 성이 지어져 있었을 겁니다. 지금도 성곽의 일부는 남아 있어요. 성북동은 그 성의 북쪽 바깥에 있으니까 당시에는 서울에 포함되지 않았지요.

시간적 배경에 대해서는 작품 내에 딱히 언급되어 있지 않지만, 일단 성북동이 서울에 포함되지 않았던 시절이라 볼 수 있어요. 그리고 이처럼 작품 내에서 별다른 단서가 없을 때에는 작품 발표 당시를 시간적 배경으로 생각하면 되는데요, 이 작품은 1933년에 발표되었어요. 그리고 황수건이 마지막 장면에서 부르는 일본 노래가 1931년에 발표된 거라고 합니다. 그러니까 이 작품의 시간적 배경은 1930년대 초반이라고 보면 되겠네요. 그런데 이 작품에 나오는 '나'가 왠지 작가와 비슷한 인물이라고 여겨지지 않나요? 사실 작가 이태준은 경기도 철원이 고향이지만 1933년에 서울 성북동에 한옥을 지어 '수연산방(壽硯山房)'이라는 이름을 붙이고 1946년까지 살았는데, 그 집은 오늘날까지 남아 있답니다. 오늘날 서울특별시 민속자료 제11호로 지정되어 보존되고 있지요.

Q 이 작품의 주인공은 황수건인가요? 아니면 '나'인가요?

A 이 작품의 주요 등장인물은 '나'와 황수건 단 둘이지요. 그런데 주로 이야기되는 것은 황수건이 어떤 인물이며, 어떤 인생을 살아왔으며, 어떤 일을 겪어 나가는가예요. '나'가 무엇을 하며 살고 있는지, 황수건 이외에 어떤 사람들과 관계하면서 살아가는지 등에 대해서는 전혀 나오지 않아요. 그러니까 당연히 이 작품의 주인공은 황수건이라고 볼 수 있습니다. 따라서 작품의 시점도 1인칭 주인공 시점이 아니라 1인칭 관찰자 시점이 되는 거겠지요.

다만 이 작품에서는 '나'라는 인물도 상당히 중요한 비중을 차지하고 있어요. 반편이라서 아무도 눈여겨보지 않는 황수건이라는 인물에 대해 관심을 갖고 지켜보고 그와 이야기를 나누는 것을 즐기며, 나아가 그의 인생의 굴곡을 단순히 지켜보는 것뿐만이 아니라 나름대로 도와주려고 애쓰고 심지어 그의 처지에 깊은 연민을 느끼지요. 그래서 작품을 읽고 나면 황수건의 불우한 처지뿐만이 아니라 그에 대해 '나'가 기울이는 염려와 연민의 감정도 우리에게 아주 강한 인상으로 남게 되는 것이지요.

Q 황수건은 좀 모자라는 인물인데, 이런 인물을 통해 작가는 무엇을 이야기하고자 하는 건가요?

A 작가 이태준은 불우한 어린 시절을 보냈어요. 그래서 그런지 그는 작품 속에서 불우한 환경에 놓인 인물을 많이 그려 내었어요. 이 작품의 황수건은 이태준이 그려 낸 불우한 인물 중에서도 매우 돋보이는 인물이에요. 무엇보다 모자라기는 하지만 매우 순박한 모습으로 그려지고 있어요. 처음 보는 사람에게도 아무 거리낌 없이 말을 붙일 만큼 붙임성도 있고, '나'와의 대화에서 온갖 이야깃거리를 찾아내는 걸 보면 어린아이와 같은 천진난만함을 가지고 있기도 하지요. 또 평생소원이 고작 '원배달'이 되는 것일 정도로 큰 욕심 없이 당장 눈앞에 보이는 조그만 욕망에만 매달리고, 또 어떤 수를 써서라도 자신이 입은 은혜에 보답하고자 하는 마음을 가지고 있어요.

이 작품은 이처럼 어린아이와 같은 천진하고 순박한 인물을 그려 내었을 뿐 아니라, 더 나아가 그런 인물이 우리 사회 속에서 용납되지 못하고 몰락하는 모습을 그려 냈다는 점에서 그 의의를 찾을 수가 있답니다. 사실 황수건은 좀 모자라기는 하지만 그 나름대로 열심히 살아가려는 노력도 해요. 그러나 결국 경쟁에서 밀려나서 살아갈 방도를 점점 잃어 가지요. 물론 황수건이 몰락하는 데에는 본인의 미욱함이라든가 동서 간의 갈등 등도 한몫을 하지요. 그러나 결국은 경쟁의 논리 때문에 살 길을 잃어 간다고 할 수 있을 거예요. 무엇보다 그렇게 소원하던 원배달이 되지 못하고 보조 배달마저 떼이는 걸 보면, 황수건이 살아갈 방도를 잃어 가는 데에는 무엇보다 경쟁의 논리가 작용한다고 볼 수 있어요. "그까짓 반편을 어딜 맡깁니까?"라는 새 배달부의 말에서 그런 사정을 짐작해 볼 수 있지요. 아마 '나'가 제공한 밑천으로 참외 장사를 하다가 망한 것도, 때마침 장마철이어서만이 아니라, 그가 장사를 능숙하게 하지 못한 것도 이유가 되었을 거예요.

이처럼 황수건이 설 자리를 잃어 가는 데에는 '근대화(=도시화)'의 힘도 작용하고 있다고 볼 수 있습니다. 경쟁의 논리도 바로 근대화의 힘 중 하나이지요. '나'는 성북동으로 이사 와서 황수건에게서 '시골'을 느꼈다고 합니다. 도시에서는 못난이가 거리에 나와 행세를 하지 못하는 반면 시골에서는 비교적 마음 놓고 나다닐 수 있기 때문이에요. 곧 '나'는 황수건이 성북동에서 마음 놓고 나다니는 것을 보고, 또 그의 우둔하면서도 천진스러운 모습에서 시골의 정취를 느낀 것이지요. 하지만 황수건이 살아갈 방도가 없어지면서 성북동에서 그의 자취가 점점 사라져 가면 성북동 역시 시골의 정취를 잃게 되겠죠. 그건 성북동이 점차 도시로 편입되고 경쟁의 논리와 같은 근대화의 힘에 의해 지배되어 가는 과정과 다르지 않을 거예요. 근대화가 이루어지지 않은 시골에서는 황수건과 같은 못난이도 충분히 포용되었으나, 근대화가 이루어지게 되면 그들은 포용되지 못하고 밀려나게 되겠지요. 그러니까 이 작품은 황수건이라는 모자란 인물을 통해서, 사회적 약자나 소수자가 경쟁에 밀려

점차 설 자리를 잃어 가는 비정한 근대 사회의 일면을 그려 내고 있답니다.

Q 그렇지만 작품의 분위기는 그렇게 비정하게 느껴지지 않아요. '나'가 옆에서 황수건을 지켜보고 돌봐 주기 때문인가요?

A 네, 잘 보았어요. 이 작품의 화자는 '나'이므로 황수건은 '나'의 눈에 비춰진 모습으로 그려지지요. 그래서 이 작품은 한편으로는 '나'의 눈에 비친 황수건의 불우한 처지를 그리고 있지만, 다른 한편으로는 '나'와 황수건의 '우정'도 그리고 있어요. 무엇보다 '나'는 황수건의 이야기를 잘 들어주지요.

사실 황수건이 늘어놓는 이야기는 매우 엉뚱하거나 황당해요. 신문을 받아 보는 집은 개를 기르지 말아야 한다든가, 우두를 맞으면 근력이 없어진다든가 하는 이야기는 웬만한 지적 수준을 갖고 있다면, 중학생 정도만 되더라도 말이 안 되는 황당한 내용임을 알 수 있죠. 그러나 황수건이 이렇게 이야기하는 데에는 그 나름대로 이유가 있어요. 개를 기르는 집에 신문을 배달하다가 개에게 물릴 뻔했다거나, 다시 삼산 학교 급사가 되고 싶은데 지금 급사와 힘으로 겨룰 자신이 없다거나 하는 '사연'이 있는 거지요. 그래서 '나'는 황당한 황수건의 이야기에서 세상일을 순전히 자기 이해관계나 체험 위주로 해석하는 어린아이다운 천진함을 읽었을 거예요. 그래서 '나'는 그의 이야기에 귀를 기울여 주게 됩니다. 이처럼 사회적 약자나 소수자의 이야기에 귀를 기울여 주는 일이야말로, 그들을 배제하지 않고 포용하기 위한 중요한 방안이 될 거예요.

그런데 '나'가 황수건에게 무언가를 베풀어 주기만 하는 건 아니에요. '나'가 도움을 받기도 하지요. 가령 '나'의 아내는 반편의 이야기에 무슨 대꾸를 그렇게 해 주느냐고 핀잔을 주지만, '나'는 "아무것도 아닌 것을 가지고 열심스럽게 이야기하는 것이 좋았고, 그와는 아무리 오래 지껄이어도 힘이 들지 않고, 또 아무리 오래 지껄이고 나도 웃음밖에는 남는 것이 없어 기분이 거뜬해지는 것도 좋았다."라고 합니다. 곧 '나'는 아무런 실용적인 도움이 안 되는 그와의 대화에서 '즐거움'을 느끼는 거예요. 이 세상에 '실용적인 도움'이 되는 것만 '좋은 것'은 결코 아니에요. 실용적인 도움이 안 되는 것에서 더 진정한 즐거움을 얻을 수도 있는 법이랍니다. 예술 작품을 감상하는 것이 그 예가 될 수 있겠네요.

'나'는 황수건의 이야기에 귀를 기울여 줄 뿐 아니라, 실제로 그에게 도움을 주려고 애를 쓰지요. 허사로 돌아가고 말지만, 그에게 참외 장사를 하라고 돈 삼 원을 주는데, 이 역시 '나'에게 '손해'만 끼친 건 아니에요. 이는 황수건이 그 보답으로 '나'에게 포도를 가져다준 것을 말하는 게 아니에요. 오히려 포도를 훔쳐 왔기에 '나'는 그 포도 값까지 더 물어 주어야 했지요. 그런데 '나'는 황수건이 훔쳐 온 그 포도를 "탁자 위에 얹어 놓고 오래 바라보며 아껴 먹"으며, "그의 은근한 순정의 열매를 먹듯 한 알을 가지고도 오래 입 안에 굴려 보며 먹"습니다. 비록 훔쳐 온 것이지만, 황수건의 입장에서는 훔치는 방법 외에는 달리 '나'에게 은혜를 갚을 길이 없었을 것이기에, 그 포도는 '나'에게 '순정의 열매'로 여겨지는 거예요. 황수건이 장사를 해서 돈을 많이 벌어 포도를 사 왔다면 아마 '나'

는 그 포도를 '순정의 열매'라고 생각하지 않았을 거예요. 곧 황수건은 '나'에게 '순정의 열매'라는 값진 선물을 한 셈이지요.

이처럼 이 작품은 상대방의 엉뚱한 이야기에도 귀를 기울여 주고 또 상대방을 위하는 마음을 가지고 지켜봐 주는 '나'의 눈을 통해 그려지기 때문에, 황수건의 이야기가 그렇게 비정하게 느껴지지 않는 거예요.

❊ 더 읽어 봅시다 ❊

일제 강점하, 불우한 환경에 놓인 인물의 소박한 꿈이 좌절되는 것을 그린 작품
현진건, 〈운수 좋은 날〉 _인력거꾼 김 첨지의 '운수 좋은' 어느 하루를 통해, 일제 강점하 도시 하층민의 비참한 생활상을 그린 작품이다. 인력거꾼으로서 큰 벌이를 한 김 첨지의 '운수 좋은 날'이 사실은 운수 좋은 날이 아니라 병든 아내가 죽은 '비운의 날'이라는 반어적인 상황 연출이 압권인 작품이다.

복덕방

예전에 복덕방은 단순히 부동산 중개업만 하는 것이 아니라 동네 노인들의 사랑방 역할을 하기도 했어요. 이 작품 속의 복덕방에도 세 노인이 모이는데, 그중 두 노인은 사이가 좋지 않아요. 그러다가 한 노인이 자살을 하고 마네요. 이 세 노인에게는 과연 무슨 사연이 있는 것일까요?

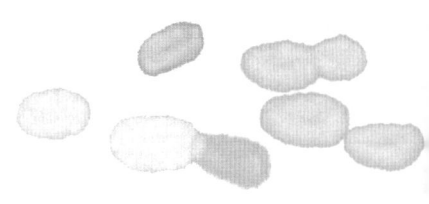

  철썩, 앞집 판장 밑에서 물 내버리는 소리가 났다. 주먹구구에 골독했던 안 초시(安初試)에게는 놀랄 만한 폭음이었던지, 다리 부러진 돋보기 너머로, 똑 모이를 쪼으려는 닭의 눈을 해 가지고 수챗구멍을 내다본다. 뿌연 뜨물에 휩쓸려 나오는 것이 여러 가지다. 호박 꼭지, 계란 껍데기, 거피해 버린 녹두 껍질.

  "녹두 빈자떡을 부치는 게로군, 홍……."

  한 오륙 년째 안 초시는 말끝마다 '젠―장……'이 아니면 '흥!' 하는 코웃음을 잘 붙이었다.

판장(板墻) 널판장. 널빤지로 친 울타리.
주먹구구(――九九) 1. 손가락으로 꼽아서 하는 셈. 2. 어림짐작으로 대충 하는 계산을 이르는 말.
골독하다(汨篤――) '골똘하다'의 원말. 한 가지 일에 온 정신을 쏟아 딴 생각이 없다.
초시(初試) 1. 과거의 첫 시험. 또는 그 시험에 급제한 사람. 2. 예전에, 한문을 좀 아는 유식한 양반을 높여 이르던 말. 여기에서는 2의 의미로 쓰임.
수챗구멍 집 안에서 버린 허드렛물이 집 밖으로 빠져나가는 구멍.
거피하다(去皮――) 콩, 팥, 녹두 등의 껍질이나 소, 돼지, 말 등의 가죽을 벗기다.
빈자떡(貧者―) 빈대떡.

"추석이 벌써 낼 모레지! 젠—장……."

안 초시는 저도 모르게 입맛을 다시었다. 기름내가 코에 풍기는 듯 대뜸 입 안에 침이 흥건해지고 전에 괜찮게 지낼 때, 충치니 풍치니 하던 것은 거짓말이었던 것처럼 아래윗니가 송곳 끝같이 날카로워짐을 느끼었다.

안 초시는 그 날카로워진 이를 빈 입인 채 빠드득 소리가 나게 한 번 물어 보고 고개를 들었다.

하늘은 천 리같이 트였는데 조각구름들이 여기저기 널리었다. 어떤 구름은 깨끗이 바래 말린 옥양목처럼 흰빛이 눈이 부시다. 안 초시는 이내 자기의 때 묻은 적삼 생각이 났다. 소매를 내려다보는 그의 얼굴은 날래 들리지 않는다. 거기는 한 조박의 녹두 빈자나 한 잔의 약주로써 어쩌지 못할, 더 슬픔과 더 고적함이 품겨 있는 것 같았다.※

혹혹 소매 끝을 불어 보고 손끝으로 튀겨 보기도 하다가 목침을 세우고 눕고 말았다.

풍치(風齒) 썩거나 상하지 않은 채 풍증으로 일어나는 치통.
옥양목(玉洋木) 생목보다 발이 고운 무명. 빛이 희고 얇다.
  생목(生木) 천을 짠 후에 잿물에 삶아서 뽀얗게 처리하지 아니한, 원래 그대로의 무명.
  발 실이나 국수 등의, 가늘고 긴 물체의 가락.
적삼 윗도리에 입는 홑옷. 모양은 저고리와 같다.
조박 '조각'의 사투리.
고적하다(孤寂--) 외롭고 쓸쓸하다.
※ 거기는 한 조박의 녹두 빈자나 ~ 고적함이 품겨 있는 것 같았다 안 초시는 자신의 낡고 때 묻은 적삼을 보고는 슬픔과 외로움을 느꼈는데, 그 슬픔과 외로움은 빈대떡을 안주 삼아 약주를 한 잔 걸쳐도 사라지지 않을 듯했다는 의미이다.

"이사는 팔하고 사오는 이십이라 천이 되지……. 가만…… 천이라? 사루 했으니 사천이라 사천 평……. 매 평에 아주 줄여 잡아 오 환˙씩만 하게 돼두 사 환 칠십오 전씩이 남으니, 그럼…… 사사는 십륙 일만 육천 환하구…….”

안 초시가 다시 주먹구구를 거듭해서 얻어 낸 총액이 일만 구천 원, 단 천 원만 들여도 일만 구천 원이 되리라는 셈속이니, 만 원만 들이면 그게 얼만가? 그는 벌떡 일어났다. 이마가 화끈했다. 도사렸던 무릎을 얼른 곤추세우고 뒤나 보려는 사람처럼 쪼그렸다. 마코˙ 갑이 번연히˙ 빈 것인 줄 알면서도 다시 집어다 눌러 보았다. 주머니에는 단돈 십 전, 그도 안경다리를 고친다고 벌써 세 번짼가 네 번째 딸에게서 사오십 전씩 얻어 가지고는 번번이 담뱃값으로 다 내어보내고 말던 최후의 십 전, 안 초시는 주머니에 손을 넣어 그것을 집어 내었다. 백통화˙ 한 푼 얹은 야윈 손바닥, 가만히 떨리었다. 서 참위(徐參尉)˙의 투박한 손을 생각하면 너무나 얇고 잔망스러운˙ 손이거니 하였다. 그러나 이따금 술잔은 얻어먹고, 이렇게 내 방처럼 그의 복덕방에서 잠까지 빌려 자건만 한 번도, 집 거간˙이나 해 먹는 서 참위의 생

환(圜) 우리나라의 옛 화폐 단위. 100전이 1환이었다.
마코 일제 강점기 때의 담배 이름.
번연히 번히. 어떤 일의 결과나 상태 등이 훤하게 들여다보이듯이 분명하게.
백통화(--貨) 백통돈. 구리, 아연, 니켈의 합금인 백통으로 만든 동전.
참위(參尉) 대한 제국 때에 둔, 초급 장교 계급의 하나.
잔망스럽다 보기에 몹시 약하고 가냘픈 데가 있다.
거간(居間) 사고파는 사람 사이에 들어 홍정을 붙이는 일. 또는 그런 일을 하는 사람.

활이 부럽지는 않았다. 그래도 언제든지 한 번쯤은 무슨 수가 생기어 다시 한 번 내 집을 쓰게 되고, 내 밥을 먹게 되고, 내 힘과 내 낯으로 다시 한 번 세상에 부딪쳐 보려니 믿어졌다.

초시는 전에 어떤 관상쟁이의 "엄지손가락을 안으로 넣고 주먹을 쥐어야 재물이 나가지 않는다."는 말이 생각났다. 늘 그렇게 쥐노라고는 했지만 문득 생각이 나 내려다볼 때는, 으레 엄지손가락이 얄밉도록 밖으로만 쥐어져 있었다. 그래 드팀전을 하다가도 실패를 하였고, 그래 집까지 잡혀서 장전을 내었다가도 그만 화재를 보았거니 하는 것이다.

"이놈의 엄지손가락아, 안으로 좀 들어가아, 젠―장."
하고 연습 삼아 엄지손가락을 먼저 안으로 넣고 아프도록 두 주먹을 쏴 쥐어 보았다. 그리고 당장 내어보낼 돈이면서도 그 십 전짜리를 그렇게 쥔 주먹에 딘딘히 넣고 담배 가게로 나갔다.

이 복덕방에는 흔히 세 늙은이가 모이었다.

언제 누가 와 집 보러 가잘지 몰라, 늘 갓을 쓰고 앉아서 행길을 잘 내다보는, 얼굴 붉고 눈방울 큰 노인은 주인 서 참위다. 참위로 다니다가 합병 후에는 다섯 해를 놀면서 시기를 엿보았으나

드팀전(--廛) 예전에, 온갖 피륙을 팔던 가게.
  피륙 아직 끊지 않은 베, 무명, 비단 등의 천을 통틀어 이르는 말.
장전(欌廛) 장롱 등의 세간을 만들어 파는 가게.
행길 '한길'의 사투리. 차나 사람이 많이 다니는 큰길.

별수가 없을 것 같아서 이럭저럭 심심파적으로 갖게 된 것이 이 가옥 중개업(家屋仲介業)이었다. 처음에는 겨우 굶지 않을 만한 수입이었으나 대정(大正) 팔구 년 이후로는 시골 부자들이 세금에 몰려, 혹은 자녀들의 교육을 위해 서울로만 몰려들고, 그런데다 돈은 흔해져서 관철동(貫鐵洞), 다옥정(茶屋町) 같은 중앙 지대에는 그리 고옥만 아니면 만 원대를 예사로 훌훌 넘었다. 그 판에 봄가을로 어떤 달에는 삼사백 원 수입이 있어, 그러기를 몇 해를 지나 가회동(嘉會洞)에 수십 칸 집을 세웠고 또 몇 해 지나지 않아서는 창동(倉洞) 근처에 땅을 장만하기 시작하였다. 지금은 중개업자도 많이 늘었고 건양사(建陽社) 같은 큰 건축 회사가 생기어서 당자끼리 직접 팔고 사는 것이 원칙처럼 되어 가기 때문에 중개료의 수입은 전보다 훨씬 준 셈이다. 그러나 이십여 칸 집에 학생을 치고 싶은 대로 치기 때문에 서 참위의 수입이 없는 달이라고 쌀값이 밀리거나 나뭇값에 졸릴 형편은 아니다.

"세상은 먹구 살게는 마련야……."

심심파적(--破寂) 심심풀이.
대정(大正) 일본 다이쇼 천황 시대(1912~1926)의 연호(年號)인 '다이쇼'를 우리 한자음으로 읽은 이름. 여기에서의 '대정 팔구 년'은 1919~1920년을 가리킨다.
다옥정(茶屋町) 현재 중구 다동의 일제 강점기 때 행정 구역 명칭.
고옥(古屋) 고가(古家). 지은 지 오래된 집.
❋ 학생을 치고 학생들을 상대로 하숙 영업을 하고.
❋ 나뭇값에 졸릴 형편은 아니다 이 무렵에는 주로 나무를 땔감으로 사용하였다. 그런데 나무 장수에게 나무를 갖다 쓰고는 돈을 주지 않아 나무 장수가 나뭇값을 달라고 조르는 일이 많았기에 '나뭇값에 졸릴'이라 표현한 것이다. 따라서 이 구절은 서 참위는 수입이 넉넉해 나뭇값을 주지 못할 형편이 아니라는 뜻이다.

서 참위가 흔히 하는 말이다. 칼을 차고 훈련원에 나서 병법을 익힐 제는, 한 번 호령만 하고 보면 산천이라도 물러설 것 같던, 그 기개와 오늘의 자기, 한낱 가쾌(家僧)로 복덕방 영감으로 기생, 갈보 따위가 사글셋방 한 칸을 얻어 달래도 '네에 네에' 하고 따라나서야 하는, 만인의 심부름꾼인 것을 생각하면 서글픈 눈물이 아니 날 수도 없는 것이다. 워낙 술을 즐기기도 하지만 어떤 때는 남몰래 이런 감회(感懷)를 이기지 못해서 술집에 들어선 적도 여러 번이다.

그러나 호반(武人)들의 기개란 흔히 혈기(血氣)에서 나오는 것이기 때문이지 몸에서 혈기가 줆을 따라 그런 감회를 일으킴조차 요즘은 적어지고 말았다. 하루는 집에서 점심을 먹다 듣노라니 무슨 장사치의 외는 소리인데 아무래도 귀에 익은 목청이다. 자세히 귀를 기울이니 점점 사이이 오는 소리인데 제법 무엇을 사라는 소리가 아니라 "유리병이나 간장통 팔거어쏘오." 하는 소리이다. 그런데 그 목청이 보면 꼭 알 사람 같아 일어서 마루 들창으로 내어다보니, 이번에는 "가마니나 신문 잡지나 팔거어쏘오." 하면서 가마니 두어 개를 지고 한 손에는 저울을 들고 중노인이나 된 사나이가 지나가는데 아는 사람은 확실히

훈련원(訓鍊院) 조선 시대에, 군사의 시재(試才), 무예의 연습, 병서의 강습 등을 맡아보던 관아.
기개(氣槪) 씩씩한 기상과 굳은 절개.
가쾌 집주릅. 집 흥정을 붙이는 일을 직업으로 가진 사람. 현대의 부동산 중개업자.
갈보 남자들에게 몸을 파는 여자를 속되게 이르는 말.
감회(感懷) 지난 일을 돌이켜 볼 때 느껴지는 회포.

아는 사람이다. 그러나 그를 어디서 알았으며 성명이 무엇이며 애초에는 무엇을 하던 사람인지가 감감해지고 말았다.

"오오라! 그렇군……. 분명……. 저런!"

하고 그는 한참 만에 고개를 끄덕이었다. 그 유리병과 간장통을 외는 소리가 골목 안으로 사라져 갈 즈음에야 서 참위는 그가 누구인 것을 깨달아 낸 것이다.

"동관(同官) 김 참위……. 허!"

나이는 자기보다 훨씬 연소하였으나 학식과 재기가 있는 데다 호령 소리가 좋아 상관에게 늘 칭찬을 받던 청년 무관이었었다. 이십여 년 뒤에 들어도 갈데없이 그 목청이요 그 모습이었다. 전날의 그를 생각하고 오늘의 그를 보니 적이 감개에 사무치어 밥숟가락을 멈추고 냉수만 거듭 마시었다.

그러나 전에 혈기 있을 때와 달라 그런 기분이 오래가지는 않았다. 중학교 졸업반인 둘째 아들이 학교에 갔다 들어서는 것을 보고, 또 싸전에서 쌀값 받으러 와 마누라가 선선히 시퍼런 지전을 내어 세는 것을 볼 때 서 참위는 이내 속으로,

'거저 살아야지 별수 있나. 저렇게 개가죽을 쓰고 돌아다니는 친구도 있는데……. 에헴.'

동관(同官) 한 관아에서 일하는 같은 등급의 관리나 벼슬아치.
싸전(-廛) 쌀과 그 밖의 곡식을 파는 가게.
지전(紙錢) 지폐(紙幣). 종이에 인쇄를 하여 만든 화폐.
✤ 개가죽을 쓰고 돌아다니는 체면이나 위신, 남의 이목 같은 것은 생각하지 않고 고물을 사러 돌아다니는 김 참위의 모습을, 마치 얼굴을 개가죽으로 가리고 돌아다니는 것처럼 비유한 표현이다.

하였을 뿐 아니라 그런 절박한 친구에다 대면 자기는 얼마나 훌륭한 지체*냐 하는 자존심도 없지 않았다.

'지난 일 그까짓 생각할 건 뭐 있나. 사는 날까지······. 허허.'

여생을 웃으며 살 작정이었다. 그래 그런지 워낙 좀 실없는 티가 있는 데다 요즘 와서는 누구에게나 농지거리가 늘어 갔다. 그래 늘 눈이 달리고* 뾰로통한 입으로는 말끝마다 '젠―장' 소리만 나오는 안 초시와는 성미가 맞지 않았다.

"쫌보야, 술 한잔 사 주랴?"

쫌보라는 말이 자기를 업수이여기는* 것 같아서 안 초시는 이내 발끈해 가지고,

"네깟 놈 술 더러 안 먹는다."

한나.

"화투패나 밤낮 떼면 니이 어밈이 살아온나넨?"

하고 서 참위가 발끝으로 화투장들을 밀어 던지면 그만 얼굴이 새빨개져서 쌔근쌔근하다가 부채면 부채, 담뱃갑이면 담뱃갑, 자기의 것을 냉큼 집어 들고 다시 안 올 듯이 새침해 나가 버리는 것이다.

"조게 계집이문 천생 남의 첩감이야."

하고 서 참위는 껄껄 웃어 버리나 안 초시는 이렇게 돼서 올라

지체 어떤 집안이나 개인이 사회에서 차지하고 있는 신분이나 지위.
* 눈이 달리고 몸이 고단하여 눈이 뒤로 들어가게 되고.
업수이여기다 '업신여기다'의 사투리. 교만한 마음에서 남을 낮추어 보거나 하찮게 여기다.

복덕방

가면 한 이틀씩 보이지 않았다.

한번은 안 초시의 딸의 무용회(舞踊會) 날 밤이었다. 안경화(安京華)라고, 한동안 토월회(土月會)에도 다니다가 대판(大阪)에 가 있느니 동경(東京)에 가 있느니 하더니 오륙 년 뒤에 무용가로라 이름을 날리며 서울에 나타났다. 바로 제일 회 공연 날 밤이었다. 서 참위가 조르기도 했지만, 안 초시도 딸의 사진과 이야기가 신문마다 나는 바람에 어깨가 으쓱해서 공표를 얻을 수 있는 대로 얻어 가지고 서 참위뿐 아니라 여러 친구를 돌라줬던 것이다.

"허! 저기 한가운데서 지금 한창 다릿짓하는 게 자네 딸인가?"

남은 다 멍멍히 앉았는데 서 참위가 해괴한 것을 보는 듯, 마땅치 않은 어조로 물었다.

"무용이란 건 문명국일수록 벗구 한다네그려."

약기는 한 안 초시는 미리 이런 대답으로 막았다.

"모르겠네 원……. 지금 총각놈들은 모두 등신인가 봐……."

"왜?"

하고 이번에는 다른 친구가 탄하였다.

"우린 총각 시절에 저런 걸 보문 그냥 못 배기네."

토월회(土月會) 우리나라의 신극 극단. 1922년에 일본 도쿄 유학생인 박승희·김을한·김기진 등이 중심이 되어 구성한 것으로, 신파극에 대항하여 본격적인 근대극 운동을 펼쳤다.
대판(大阪) 일본의 도시 '오사카'.
돌라주다 (사람이 어떤 물건을 둘 이상의 사람에게) 몫몫을 갈라서 나누어 주다.

"빌어먹을 녀석……. 나잇값을 못 하구 개야 저건 개……."

벌써 안 초시는 분통이 발끈거려서 나오는 소리였다.

한 가지가 끝나고 불이 환하게 켜졌을 때다.

"도루 차라리 여배우 노릇을 댕기라구 그래라. 여배운 그래두 저렇게 넓적다린 내놓구 덤비지 않더라."

"그 자식 오지랖˙ 경치게˙ 넓네. 네가 안방 건넌방이 몇 칸이요 나 알았지 뭘 쥐뿔이나 안다구 그래? 보기 싫건 나가렴."

하고 안 초시는 화를 발끈 내었다. 그러니까 서 참위도 안방 건넌방 말에 화가 나서 꽤 높은 소리로,

"넌 또 뭘 아니? 요 쫌보야."

하고 일어서 버리었다.

이 일이 있은 후 안 초시는 거의 달포˙나 서 참위의 복덕방에 나오지 않았었다. 그런 걸 박희완(朴喜完) 영감이 가서 데리고 왔었다.

박희완 영감이란 세 영감 중의 하나로 안 초시처럼 이 복덕방에 와 자기까지는 안 하나 꽤 쏠쏠히 놀러 오는 늙은이다. 아니, 놀러 오기만 하는 것이 아니라 와서는 공부도 한다. 재판소에

오지랖 웃옷이나 윗도리에 입는 겉옷의 앞자락. 여기에서의 '오지랖 넓다'는 '쓸데없이 지나치게 아무 일에나 참견하는 면이 있다'는 의미이다.
경치다(黥--) ('경치게' 꼴로 쓰여) 아주 심한 상태를 못마땅하게 여겨 이르는 말.
달포 한 달이 조금 넘는 기간.

다니는 조카가 있어 대서업(代書業) 운동을 한다고 〈속수국어독본(速修國語讀本)〉을 노상 끼고 와 그 〈삼국지(三國志)〉 읽던 투로,

"긴상 도코에 유키마스카(김 선생, 어디 가십니까)."

어쩌고를 외고 있는 것이다.

그러나 〈속수국어독본〉 뚜껑이 손때에 절고, 또 어떤 때는 목침 위에 받쳐 베고 낮잠도 자서 머리때까지 새까맣게 절어 '조선총독부편찬(朝鮮總督府編纂)'이란 잔 글자들은 보이지 않게 되도록, 대서업 허가는 의연히 나오지 않는 모양이었다.

"너나 내나 다 산 것들이 업은 가져 뭘 허니. 무슨 세월에 ……. 훙!"

하고 어떤 때, 안 초시는 한나절이나 화투패를 떼다 안 떨어지면 그 화풀이로 박희완 영감이 들고 중얼거리는 〈속수국어독본〉을 툭 채어 행길로 팽개치며 그랬다.

"넌 또 무슨 재술 바라구 밤낮 화투패나 떨어지길 바라니?"

"난 심심풀이지."

그러나 속으로는 박희완 영감보다 더 세상에 대한 야심이 끓

대서업(代書業) 남을 대신하여 관청 행정이나 법률 행위에 필요한 서류를 작성하여 주고 보수를 받는 직업.
속수국어독본(速修國語讀本) '속수(速修)'는 '빨리 익힌다'는 뜻이고, '국어'는 이 당시 '일본어'를 가리키며, '독본'은 '주로 일반인을 위해 만들어진, 어떤 전문 분야에 대한 입문서나 해결서'를 뜻한다.
노상 언제나 변함없이 한 모양으로 줄곧.
의연히(依然-) 전과 다름이 없이.
업(業) 직업.

었다. 딸이 평양으로 대구로 다니며 지방 순회까지 하여서 제법 돈냥이나 걷힌 것 같으나 연구소를 내느라고 집을 뜯어고친다, 유성기를 사들인다, 교제를 하러 돌아다닌다 하느라고, 더구나 귀찮게만 아는 이 애비를 위해 쓸 돈은 예산에부터 들지 못하는 모양이었다.

"얘? 낡은 솜이 돼 그런지, 샀바느질이 돼 그런지 바지 솜이 모두 치여서 어떤 덴 홑옷이야. 암만해두 샤쓸 한 벌 사 입어야겠다."

하고 딸의 눈치만 보아 오다 한번은 입을 열었더니,

"어련히 인제 사 드릴라구요."

하고 딸은 대답은 선선하였으나 셔츠는 그해 겨울이 다 지나도록 구경도 못하였다. 셔츠는커녕 안경다리를 고치겠다고 돈 일 원만 달래도 일 원짜리를 군이 비끼다가 오십 전 한 닢만 주었다. 안경은 돈을 좀 주무르던 시절에 장만한 것이라 테만 오륙 원 먹은 것이어서 오십 전만으로 그런 다리는 어림도 없었다. 오십 전짜리 다리도 있지만 살 바에는 조촐한 것을 택하던 초시의 성미라 더구나 면상에서 짝짝이로 드러나는 것을 사기가 싫었다. 차라리 종이 노끈인 채 쓰기로 하고 오십 전은 담뱃값으로

돈냥(- 兩) (흔히 '돈냥이나' 꼴로 쓰여) 쉽사리 헤아릴 만큼 그다지 많지 아니한 돈. 푼돈.
유성기(留聲機) 축음기. 원통형 레코드 또는 원판형 레코드에 녹음한 음을 재생하는 장치.
치다 치이다. 천의 올이나 이불의 솜 등이 한쪽으로 쏠리거나 뭉치다.
조촐하다 1. 아담하고 깨끗하다. 2. 외모나 모습 등이 말쑥하고 맵시가 있다. 여기에서는 2의 뜻으로 쓰임.

나가고 말았다.

"왜 안경다린 안 고치셨어요?"

딸이 그날 저녁으로 물었다.

"흥······."

초시는 말은 하지 않았다. 딸은 며칠 뒤에 또 오십 전을 주었다. 그러면서 어떻게 들으라고 하는 소리인지,

"아버지 보험료만 해두 한 달에 삼 원 팔십 전씩 나가요."

하였다. 보험료나 타 먹게 어서 죽어 달라는 소리로도 들리었다.

"그게 내게 상관있니?"

"아버지 위해 들었지 누구 위해 들었게요 그럼?"

초시는 '정말 날 위해 하는 거문 살아서 한 푼이라두 다우. 죽은 뒤에 내가 알 게 뭐냐.' 소리가 나오는 것을 억지로 참았다.

"오십 전이문 왜 안경다릴 못 고치세요?"

초시는 설명하지 않았다.

"지금 아버지가 좋고 낮은 걸 가리실 처지야요?"

그러나 오십 전은 또 마코 값으로 다 나갔다. 이러기를 아마 서너 번째다.

"자식도 소용없어. 더구나 딸자식······. 그저 내 수중에 돈이 있어야······."

초시는 돈의 긴요성(緊要性)을 날로날로 더욱 심각하게 느끼

긴요성(緊要性) 긴밀히 관여되어 있어서 꼭 필요한 성질.

었다.

"돈만 가지면야 좀 좋은 세상인가!"

심심해서 운동 삼아 좀 나다녀 보면 거리마다 짓느니 고층 건축들이요, 동네마다 느느니 그림 같은 문화주택*들이다. 조금만 정신을 놓아도 물에서 갓 튀어나온 메기처럼 미끈미끈한 자동차가 등덜미에서 소리를 꽥 지른다. 돌아다보면 운전수는 눈을 부릅떴고 그 뒤에는 금시곗줄이 번쩍거리는 살진 중년 신사가 빙그레 웃고 앉았는 것이었다.

"예순이 낼모레······. 젠―장할 것."

초시는 늙어 가는 것이 원통하였다. 어떻게 해서나 더 늙기 전에 적게 돈 만 원이라도 붙들어 가지고 내 손으로 다시 한 번 이 세상과 교섭해 보고 싶었다. 지금 이 꼴로서야 문화주택이 암만 서기로 내게 무슨 상관이며 자동차, 비행기가 개미 떼나 파리 떼처럼 퍼지기로 나와 무슨 인연이 있는 것이냐. 세상과 자기와는 자기 손에서 돈이 떨어진 그 즉시로 인연이 끊어진 것이라 생각되었다.

'그러면 송장이나 다름없지 뭔가?'

초시는 이런 질문을 자신에게 던진 지가 이미 오래였다.

'무슨 수가 없을까?'

문화주택(文化住宅) 예전에, 생활하기에 편리하고 보건 위생에 알맞은 새로운 형식의 주택을 이르던 말.

또,

'무슨 그루터기가 있어야 비비지!'

그러다도,

'그래도 돈냥이나 엎질러 본 녀석이 벌기도 하는 게지.'

하고 그야말로 무슨 그루터기만 만나면 꼭 벌기는 할 자신이었다.

그러다가 박희완 영감에게서 들은 말이었다. 관변에 있는 모 유력자를 통해 비밀리에 나온 말인데 황해 연안에 제2의 나진(羅津)이 생긴다는 말이었다. 지금은 관청에서만 알 뿐이나 축항용지(築港用地)는 비밀리에 매수되었으므로 불원하여 당국자로부터 공표가 있으리라는 것이다.

"그럼, 거기가 황무진가? 전답들인가?"

초시는 눈이 뻘개 물었다.

"밭이라데."

"밭? 그럼 매 평 얼마나 간다나?"

그루터기 1. 풀이나 나무 또는 곡식 등을 베어 내고 난 뒤 남은 밑동. 2. 밑바탕이나 기초가 되는 사물을 비유적으로 이르는 말. 여기에서는 2의 의미로 쓰임.
관변(官邊) 정부나 관청 쪽. 또는 그 계통.
연안(延安) 황해도에 있는 읍. 연백평야의 중심지로, 농산물 유통이 발달하였고 온천이 있다.
나진(羅津) 함경북도 북부에 있었던 항구 도시. 현재는 북한에서 라선특별시의 일부이다. 일제 강점기 때에 청진과 함께 공업 지구로 개발되었으며, 그 여파로 1930년대에 부동산 가격이 폭등한 바 있다.
축항용지(築港用地) 항구를 구축하는 데 쓰일 땅.
매수(買收) 물건을 사 들임.
불원하다(不遠--) 멀지 아니하다.

"좀 올랐대. 관청에서 사는 바람에 아무리 시굴 사람들이기루 그만 눈치 없겠나. 그래두 무슨 일루 관청서 사는진 모르거든……."

"그래?"

"그래, 그리 오르진 않았대……. 아마 평당 이십오륙 전씩이면 살 수 있다나 보데. 그러니 화중지병˙이지 뭘 허나 우리가……."

"음……."

초시는 관자놀이˙가 욱신거리었다. 정말이기만 하면 한 시각이라도 먼저 덤비는 놈이 더 먹는 판이다. 나진도 오륙 전 하던 땅이 한번 개항된다는 소문이 나자 당년˙으로 오륙 전의 백 배 이상이 올랐고 삼사 년 뒤에는, 땅 나름이지만 어떤 요지(要地)˙는 천 배 이상이 오른 데가 많다.

'다 산 나이에 오래 끌 건 뭐 있나. 당년으로 넘겨두 최소한도 오 환씩야 무려˙할 테지…….'

혼자 생각한 초시는,

"대관절 어디란 말야 거기가?"

화중지병(畵中之餠) 그림의 떡. 아무리 마음에 들어도 이용할 수 없거나 차지할 수 없는 경우를 이르는 말.
관자놀이(貫子--) 귀와 눈 사이의 맥박이 뛰는 곳.
당년(當年) 일이 있는 바로 그해.
요지(要地) 정치, 문화, 교통, 군사 등의 핵심이 되는 곳.
무려하다(無慮--) 믿음직스러워 아무 염려할 것이 없다.

하고 나앉으며 물었다.

"그걸 낸들 아나?"

"그럼?"

"그 모 씨라는 이만 알지. 그리게 날더러 단 만 원이라도 자본을 운동하면 자기는 거기서도 어디어디가 요지라는 걸 설계도를 복사해 낸 사람이니까 그 요지만 산단 말이지, 그리구 많이두 바라지 않어, 비용 죄다 제치구˙ 순이익의 이 할만 달라는 거야."

"그럴 테지……. 누가 그런 자국˙을 일러 주구 구경만 하자겠나……. 이 할이라…… 이 할……."

초시는 생각할수록 이것이 훌륭한, 그 무슨 그루터기가 될 것 같았다. 나진의 선례도 있거니와 박희완 영감 말이 만주국˙이 되는 바람에 중국과의 관계가 미묘해지므로 황해 연안에도 으레 나진과 같은 사명을 갖는 큰 항구가 필요할 것은 우리 상식으로도 추측할 바이라 하였다. 초시의 상식에도 그것을 믿을 수 있었다.

제치다 일정한 대상이나 범위에서 빼다.
자국 어떤 일이나 사건이 발단된 곳. 또는 그런 근원.
만주국(滿洲國) 1932년에 일본이 중국 동북부 및 네이멍구 자치구(內蒙古自治區) 동북부에 세웠던 괴뢰 국가. 청나라의 마지막 황제 선통제(宣統帝) 푸이(溥儀)를 집정(執政)으로 맞아들이고 신징(新京)을 수도로 하여 건국하였다. 일본의 군사 기지로서 관동군이 무단 통치하였으나, 일본이 제2차 세계 대전에서 패배하자 소멸하였다.

오늘은 오래간만에 피죤˙을 사서, 거기서 아주 한 대를 피워 물고 왔다. 어째 박희완 영감이 종일 보이지 않는다. 다른 데로 자금 운동을 다니나 보다 하였다. 서 참위는 점심 전에 나간 사람이 어디서 흥정이 한 자리 떨어지느라고인지 아직 돌아오지 않는다. 안 초시는 미닫이틀 위에서 낡은 화투를 꺼내었다.

　"허, 이거 봐라!"

　여간해선 잘 떨어지지 않던 거북패가 단번에 뚝 떨어진다. 누가 옆에 있어 좀 보아 줬으면 싶었다.

　"아무래두 이게 심상치 않어……. 이제 재수가 트나 부다!"

　초시는 반도 타지 않은 담배를 행길로 내어던졌다. 출출하던 판에 담배만 몇 대를 피고 나니 목이 컬컬해진다. 앞집 수채에는 뜨물에 떠내려 가다 막힌 녹두 껍질이 그저 누렇게 보인다.

　"오냐, 내년 추석엔……."

　초시는 이날 저녁에 박희완 영감에게서 들은 이야기를 딸에게 하였다. 실패는 했을지라도 그래도 십수 년을 상업계에서 논 안 초시라 출자(出資)˙를 권유하는 수작만은 딸이 듣기에도 딴사람인 듯 놀라웠다. 딸은 즉석에서는 가부˙를 말하지 않았으나 그의 머릿속에서도 이내 잊혀지지는 않았던지 다음 날 아침에는, 딸 편이 먼저 이 이야기를 다시 꺼내었고, 초시가 박희완 영감

피죤 일제 강점기 때의 담배 이름. '마코'는 값싼 담배였으나 '피죤'은 비싼 담배였다.
출자(出資) 자금을 내는 일.
가부(可否) 1. 옳고 그름. 2. 찬성과 반대를 아울러 이르는 말.

복덕방　59

에게 묻던 이상으로 시시콜콜히 캐어물었다. 그러면 초시는 또 박희완 영감 이상으로 손가락으로 가리키듯 소상히 설명하였고 일 년 안에 청장˚을 하더라도 최소한도로 오십 배 이상의 순이익이 날 것이라 장담 장담하였다.

딸은 솔깃했다. 사흘 안에 연구소 집을 어느 신탁 회사˚에 넣고 삼천 원을 돌리기로 하였다. 초시는 금시 발복˚이나 된 듯 뛰고 싶게 기뻤다.

"서 참위 이놈, 날 은근히 멸시했것다. 내 굳이 널 시켜 네 집보다 난˚ 집을 살 테다. 네깟 놈이 천생 가쾌지 별거냐……."

그러나 신탁 회사에서 돈이 되는 날은 웬 처음 보는 청년 하나가 초시의 앞을 가리며 나타났다. 그는 딸의 청년이었다. 딸은 아버지의 손에 단 일 전도 넣지 않았고 꼭 그 청년이 나서 돈을 쓰며 처리하게 하였다. 처음에는 팩 나오는 노염을 참을 수가 없었으나 며칠 밤을 지내고 나니, 적어도 삼천 원의 순이익이 오륙만 원은 될 것이라, 만 원 하나야 어디로 가랴˚ 하는 타협이 생기어서 안 초시는 으실으실 그, 이를테면 사위 녀석 격인

청장(淸帳) 장부(帳簿)를 청산한다는 뜻으로, 빚 등을 깨끗이 갚음을 이르는 말.
신탁 회사(信託會社) 신탁 받은 재산의 관리, 운용, 처분 등을 맡아보는 사업을 하는 회사.
  신탁(信託) 1. 믿고서 대신 맡아 달라고 부탁함. 2. 수익자의 이익 등의 목적을 위해 재산의 관리와 처분을 남에게 맡김.
발복(發福) 운이 틔어서 복이 닥침. 또는 그 복.
난 '나은'을 줄여 말한 것.
✿ 만 원 하나야 어디로 가랴 안 초시는, 딸이 오륙만 원의 순이익을 남기면 정보를 제공한 자신의 몫으로 만 원 정도는 주지 않겠느냐고 생각하는 것이다.

청년의 뒤를 따라나섰다.

일 년이 지났다.

모두 꿈이었다. 꿈이라도 너무 악한 꿈이었다. 삼천 원어치 땅을 사 놓고 날마다 신문을 훑어보며 수소문을 하여도 거기는 축항이 된단 말이 신문에도, 소문에도 나지 않았다. 용당포(龍塘浦)와 다사도(多獅島)에는 땅값이 삼십 배가 올랐느니 오십 배가 올랐느니 하고 졸부들이 생겼다는 소문이 있어도 여기는 감감소식일 뿐 아니라 나중에, 역시, 이것도 박희완 영감을 통해 알고 보니 그 관변 모 씨에게 박희완 영감부터 속아 떨어진 것이었다. 축항 후보지로 측량까지 하기는 하였으나 무슨 결점으로인지 중지되고 마는 바람에 너무 기민하게 거기다 땅을 샀던, 그 모 씨가 그 땅 저지에 곤란하여 꾸민 연극이었다.

돈을 쓸 때는 일 원짜리 한 장 만져도 못 봤지만 벼락은 초시에게 떨어졌다. 서너 끼씩 굶어도 밥 먹을 정신이 나지도 않았거니와 밥을 먹으러 들어갈 수도 없었다.

"재물이란 친자 간의 의리도 배추 밑 도리듯 하는 건가?"

탄식할 뿐이었다. 밥보다는 술과 담배가 그리웠다. 물론 안경다리는 그저 못 고치었다. 그러나 이제는 오십 전짜리는커녕 단

졸부(猝富) 벼락부자.
친자(親子) 친자식. 여기에서는 문맥상 '어버이와 자식'을 이름.

십 전짜리도 얻어 볼 길이 없다.

　추석 가까운 날씨는 해마다의 그때와 같이 맑았다. 하늘은 천 리같이 트였는데 조각구름들이 여기저기 널리었다. 어떤 구름은 깨끗이 바래 말린 옥양목처럼 흰빛이 눈이 부시다. 안 초시는 이번에도 자기의 때 묻은 적삼 생각이 났다. 그러나 이번에는 소매 끝을 불거나 떨지는 않았다. 고요히 흘러내리는 눈물을 그 더러운 소매로 닦았을 뿐이다.✽

　여름이 극성스럽게 덥더니, 추위도 그럴 징조인지 예년보다 무서리✽가 일찍 내리었다. 서 참위가 늘 지나다니는 식은 관사(殖銀官舍)✽에도 울타리가 넘게 피었던 코스모스들이 끓는 물에 데쳐 낸 것처럼 시커멓게 무르녹고 말았다.

　참위는 머리가 띠잉하였다. 요즘 와서 울기 잘하는 안 초시를 한번 위로해 주려, 엊저녁에는 데리고 나와 청요릿집으로, 추탕집으로 새로 두 점✽을 치도록 돌아다닌 때문 같았다. 조반이라고

✽ 그러나 이번에는 소매 끝을 ~ 더러운 소매로 닦았을 뿐이다 안 초시가 더러운 적삼의 소매 끝을 불거나 떨었던 것은 아직 '비빌 그루터기'를 찾아야겠다는 희망이 보일 때의 일이었다. 그러나 이제 그러지 않고 더러운 소매로 눈물만 닦는다는 것은 그러한 희망을 완전히 잃어버렸다는 의미이다.
무서리 늦가을에 처음 내리는 묽은 서리.
식은 관사(殖銀官舍) '식은'은 일제 강점기의 특수 은행인 '조선식산은행(朝鮮殖產銀行)'의 줄임말로, 조선총독부의 산업 정책을 금융 측면에서 뒷받침했던 핵심 기관 중 하나이다. '관사'는 관청에서 관리에게 빌려 주어 살도록 지은 집을 이른다.
✽ 새로 두 점 '새로'는 '(12시를 넘긴 시각 앞에 쓰여) 시각이 시작됨'을 이르는 말이며, '점(點)'은 예전에 시각을 세던 단위이다. 따라서 '새로 두 점'은 '새벽 두 시'를 이른다.

몇 술 뜨기는 했으나 혀도 그냥 뻑뻑하다. 안 초시도 그럴 것이니까 해는 벌써 오정 때지만 끌고 나와 해장술이나 먹으리라 하고 부지런히 내려와 보니, 웬일인지 복덕방이라고 쓴 베 발이 아직 내어걸리지 않았다.

"이 사람 봐아……. 어느 땐 줄 알구 코만 고누……."

그러나 코 고는 소리는 들리지 않았다. 미닫이를 밀어 젖힌 서 참위는 정신이 번쩍 났다. 안 초시의 입에는 피, 얼굴은 잿빛이다. 방 안은 움 속처럼 음습한 바람이 휘잉 끼친다.

"아니?"

참위는 우선 미닫이를 닫고 눈을 비비고 초시를 들여다보았다. 안 초시는 벌써 아니요, 안 초시의 시체일 뿐, 둘러보니 무슨 약병인 듯한 것 하나가 굴러져 있다.

참위는 한참 만에야 이 일이 슬픈 일인 것을 깨달았다.

"허……!"

파출소로 갈까 하다 그래도 자식한테 먼저 알려야겠다 하고 말만 듣던 그 안경화 무용 연구소를 찾아가서 안경화를 데리고 왔다. 딸이 한참 울고 난 뒤다.

"관청에 어서 알려야지?"

"아니야요. 아스세요.[●]"

딸은 펄쩍 뛰었다.

아서 그렇게 하지 말라고 금지할 때 하는 말.

"아스라니?"

"저……."

"저라니?"

"제 명예도 좀……."

하고 그는 애원하였다.

"명예? 안 될 말이지, 명옐 생각하는 사람이 애빌 저 모양으루 세상 떠나게 해?"

"……."

안경화는 엎드려 다시 울었다. 그러다가 나가려는 서 참위의 다리를 끌어안고 놓지 않았다. 그리고,

"절 살려 주세요."

소리를 몇 번이나 거듭하였다.

"그럼, 비밀은 내가 지킬 테니 나 하자는 대루 할까?"

"네."

서 참위는 다시 앉았다.

"부친 위해 보험 든 거 있지?"

"네, 간이 보험이야요."

"무슨 보험이든……. 얼마나 타게 되누?"

"사백팔십 원요."

"부친 위해 들었으니 부친 위해 다 써야지?"

간이 보험(簡易保險) 일반적으로 보험 금액이 적고 계약 수속이 간편한 보험.

"그럼요."

"에헴, 그럼……. 돌아간 이가 늘 속샤쓸 입구퍼 했어. 상등 털샤쓰를 사다 입히구, 그 우에 진견으로 수의 일습 구색 맞춰 짓게 허구……. 선산이 있나, 묻힐 데가?"

"웬걸요, 없어요."

"그럼 공동묘지라도 특등지루 널찍하게 사구……. 장례식을 장하게 해야 말이지 초라하게 해 버리면 내가 그저 안 있을 게야. 알아들어?"

"네에."

하고 안경화는 그제야 핸드백을 열고 눈물 젖은 얼굴을 닦았다.

안 초시의 소위 영결식이 그 딸의 연구소 마당에서 열리었다. 서 참위와 박희완 영감은 술이 거나하게 취해 갔다. 박희완 영감이 무얼 잡혀서 가져왔다는 부의(賻儀) 이 원을 서참위가,

"장례비가 넉넉하니 자네 돈 그 계집애 줄 거 없네."

하고 우선 술집에 들러 거나하게 곱빼기들을 한 것이다.

영결식장에는 제법 반반한 조객들이 모여들었다. 예복을 차

상등(上等) 등급을 상·하 또는 상·중·하로 나눈 것의 가장 위 등급.
진견(眞絹) 진짜 명주실로 짠 비단.
일습(一襲) 옷, 그릇, 기구 등의 한 벌. 또는 그 전부.
선산(先山) 조상의 무덤이 있는 산.
영결식(永訣式) 장사 지내기 전에, 죽은 사람을 영원히 떠나 보낸다는 뜻으로 행하는 의식.
거나하다 술에 어지간히 취한 상태에 있다.
부의(賻儀) 초상집에 도와주는 의미로 보내는 돈이나 물품. 또는 그런 일.

리고 온 사람도 두엇 있었다. 모두 고인을 알아 온 것이 아니요, 무용가 안경화를 보아 온 사람들 같았다. 그중에는, 고인의 슬픔을 알아 우는 사람인지, 덩달아 기분으로 우는 사람인지 울음을 삼키느라고 끽끽 하는 사람도 있었다. 안경화도 제법 눈이 젖어 가지고 신식 상복이라나 공단° 같은 새까만 양복으로 관 앞에 나와 향불을 놓고 절하였다. 그 뒤를 따라 한 이십 명 관 앞에 와 꾸벅거리었다. 그리고 무어라고 지껄이고 나가는 사람도 있었다.

그들의 분향이 거의 끝난 듯하였을 때,

"에헴!"

하고 얼굴이 시뻘건 서 참위도 한마디 없을 수 없다는 듯이 나섰다. 향을 한 움큼이나 집어 놓아 연기가 시커멓게 올려 솟더니 불이 일어났다. 후후 불어 불을 끄고, 수염을 한 번 쓰다듬고 절을 했다. 그리고 다시,

"헴……."

하더니 조사(弔辭)°를 하였다.

"나 서 참월세, 알겠나? 홍……. 자네 참 호살°세 호사야……. 잘 죽었느니. 자네 살았으문 이만 호살 해 보겠나? 인전 안경 다리 고칠 걱정두 없구……. 아무튼지……."

공단(貢緞) 두껍고, 무늬는 없지만 윤기가 도는 비단. 고급 비단에 속한다.
조사(弔辭) 죽은 사람에 대해 슬퍼하여 조문(弔問)의 뜻을 표하는 글이나 말.
호사(豪奢) 호화롭게 사치함. 또는 그런 사치.

하는데 박희완 영감이 들어서더니,

"이 사람 취했네그려."

하며 서 참위를 밀어냈다.

박희완 영감도 가슴이 답답하였다. 분향을 하고 무슨 소리를 한마디 했으면 속이 후련히 트일 것 같아서 잠깐 멈칫하고 서 있어 보았으나,

"으흐윽……."

하고 울음이 먼저 터져 그만 나오고 말았다.

서 참위와 박희완 영감도 묘지까지 나갈 작정이었으나 거기 모인 사람들이 하나도 마음에 들지 않아 도로 술집으로 내려오고 말았다.

■ 「조광」(1937. 3) ; 「가마귀」(한성도서, 1937)

복덕방 작품 해설

●등장인물 들여다보기

안 초시

다소 옹졸한 성격의 소유자로, 자신의 궁색한 처지에 대해 불만이 많으며 그것을 극복하기 위해 부동산 투기로 일확천금을 꿈꾸다가 결국 파멸하는 인물입니다. 환갑을 바라보는 나이의 노인으로, 젊었을 적에 상업에 종사하였으나 실패를 거듭하여 지금은 궁색하게 지내고 있지요. 주로 친구인 서 참위가 경영하는 복덕방에 나가서 시간을 보내지만, 농담을 잘하는 서 참위와 티격태격 잘 다투고는 삐쳐서 복덕방에 발을 끊었다가 박희완 영감이 화해를 시켜 다시 복덕방에 나가곤 합니다.

무용을 하는 딸에게 의탁하여 살고 있으나 딸이 자신에게 인색하다고 생각하고, 또 복덕방을 경영하며 나름대로 어렵지 않게 살아가는 서 참위에 비해 자신의 처지가 초라하다고 생각하여 어떤 수를 써서라도 돈을 마련해 다시 한 번 세상과 교섭해 보고자 하는 헛된 '야심'을 갖고 있어요. 그러던 차에 박희완 영감이 안 초시에게, 황해도 연안에 땅을 사 두면 곧 땅값이 크게 오를 것이라는 정보를 알려 줍니다. 안 초시는 그 정보를 믿고 딸에게 권유해 투자를 하도록 합니다. 하지만 그것이 잘못된 정보여서 투자는 실패로 돌아가 딸이 큰 손실을 입게 되지요. 이로 인해 안 초시는 괴로워하다가 결국 복덕방에서 음독 자살을 하고 맙니다.

서 참위

대한 제국 말기에 훈련원 참위로 봉직한 무관 출신으로, 군대가 해산된 이후 복덕방을 차려 놓고 부동산 중개업을 하며 생활에 별 어려움이 없이 살아가지요. 낙천적이고 호방한 성격이어서 가끔 무관을 하던 과거의 기개를 떠올리기도 하고, 기생이나 갈보가 방을 구하러 와도 '네네' 하며 따라나서야 하는 현재 자신의 처지를 서글퍼하면서도 그러한 현실에 어느 정도 적응하며 살아가고 있어요. 더러 실없이 농담을 잘하여 안 초시를 발끈하게 만들지만, 안 초시가 부동산 투기에 실패하고 실의에 빠져 자살하자, 그 딸에게 압력을 가하여 안 초시의 장례를 장하게 치러 주도록 하지요.

박희완

안 초시와 함께 서 참위의 복덕방에 자주 드나드는 노인으로, 안 초시가 서 참위와 다투어 사이가 벌어지면 그 사이에서 화해를 이끌어 내는 인물입니다. 별다른 벌이가 없으며, 대서업을 해 볼까 하는 마음으로 일본어 공부를 하고 있으나 허가가 잘 나지 않는 것을 보면 공부에 그다지 열의가 없음을 알 수 있어요. 누군가로부터 부동산에 대한 거짓 정보를 듣고는 안 초시에게 전하여, 안 초시로 하여금 일확천금의 꿈을 꾸어 부동산 투기에 나서게 합니다.

안경화

안 초시의 딸로, 당시로서는 선구적인 무용가라는 직업을 개척해 나가고 있으며 서울에서 공연도 하고 무용 연구소도 차리는 등 '잘 나가고' 있어요(그래서 안경화는 당시 현대 무용으로 세계에 이름을 날린 최승희를 모델로 하였다는 설이 있지요). 그러나 아버지인 안 초시에게는 인색하게 대해요. 안 초시가 부동산 투기와 관련된 정보를 알아와 솔깃하여 투자할 때에도 아버지를 따돌리지요. 그러나 부동산 투기가 실패로 돌아가 안 초시가 결국 자살하는 것을 보면 안경화가 그 실패의 책임을 안 초시에게 물었으리라 짐작할 수 있어요. 복덕방에 모이는 세 노인에 대비되어, 인간적 도리보다 자기 자신의 이해관계를 앞세우는 젊은 세대를 대표하는 인물이라 할 수 있어요.

● 작품 Q&A

"선생님, 궁금해요!"

Q 이 작품의 배경에 대해 설명해 주세요.

A 이 작품은 1937년에 발표되었는데, 작품 내에서도 1930년대와 관련되는 사건들이 등장해요. 나진에서 부동산 값이 많이 올랐다는 이야기가 나오는데, 그것이 1930년대 초반의 일이에요. 이 작품은 그 뒤 얼마간 시간이 지난 뒤에 시작되니까 시간적 배경은

1930년대 중반쯤이라 할 수 있지요. 작품 발표 무렵과 크게 다르지 않아요.

그리고 서 참위가 가회동에 집을 마련하였고 관철동, 다옥정(이 지명의 동네들은 모두 서울에 있어요) 등의 집들을 소개하는 부동산 일을 하고 있으며, 안 초시의 딸 안경화가 서울에 나타나서 무용 공연을 하고 있으니까 이 작품의 공간적 배경은 서울이 되겠지요. 물론 조금 더 구체적인 공간적 배경으로는 작품의 제목이기도 한 '복덕방'도 생각할 수 있어요. 복덕방은 서 참위가 경영하고 있는 곳인데, 주인공인 안 초시는 거의 그곳에서 기거하다시피 하고(물론 서 참위와 사이가 틀어졌을 때에는 걸음을 안 하기도 하지만요), 심지어 죽음도 거기서 맞이하지요. 지금은 복덕방이라는 명칭을 거의 사용하지 않고 '부동산 중개업소'라는 이름을 사용하지만, 불과 이삼십 년 전만 해도 집이나 방을 새로 구하고자 하는 사람들은 거의 복덕방을 거쳐야 했는데, 이 작품에서처럼 복덕방에는 그 동네의 노인들이 많이 모여들어서 시간을 보내는 경우가 많았어요. 요즘의 노인 회관과 비슷한 역할을 한 셈이지요. 이 작품에서도 주인공이 복덕방에서 다른 노인들과 더불어 많은 시간을 보내고, 또 부동산과 관련된 투자를 하려다가 실패하여 복덕방에서 죽음을 맞이하므로, 복덕방도 이 작품의 주요한 공간적 배경이라 할 수 있습니다.

Q 작품 초반에는 복덕방에 모이는 세 사람 사이의 관계와, 특히 안 초시와 서 참위 사이의 갈등을 중심으로 이야기가 전개되는데요, 이들은 무엇 때문에 갈등하는 건가요?

A 안 초시는 서 참위가 경영하는 복덕방에서 주로 지냅니다. 박희완 노인도 비슷하고요. 그러니까 두 사람은 서 참위의 가게에 의지해서 살아가고 있는 거예요. 하지만 그렇다고 해서 그들이 서 참위의 신세만 진다고 보기는 어려워요. 앞서 말씀드렸듯이 예전의 복덕방이란 곳은 동네 노인네들이 잘 모여들어 함께 시간을 보내는 공간이기도 했어요. 가령 누군가가 집을 구하러 와서 서 참위가 가게를 비우게 되면 남아 있는 노인들이 그 가게를 지켜 주기도 한 거지요. 그러니까 서 참위가 주인이기는 하지만, 복덕방은 세 사람이 함께 공유하고 있는 공간인 거예요.

그렇지만 처지는 아주 다릅니다. 안 초시는 지금 하는 일이 없고 돈도 벌지 못하여 딸의 신세를 지고 있어요. 안경다리가 부러져서 딸에게 돈을 타 내어 고치려 하지만 딸이 50전밖에 주지 않아 마음에 드는 다리로 고치지 못하고 (딸에게 받은 적은 돈은 담뱃값으로 날리고는) 다리 부러진 안경을 그대로 쓰고 있지요. 그런데 서 참위는 경제적으로 별로 어렵지가 않아요. 지금은 건축 회사에서 직접 부동산 거래를 하기 때문에 거래가 많이 줄었지만, 한동안은 부동산 경기가 좋아 돈을 모았고, 현재 이십여 칸 집에서 하숙도 치고 있어 꽤 유복한 편이에요. 경제적으로 여유가 있기 때문인지 농담도 잘해요. 그에 반해 안 초시는 경제적으로 어려운 데다가 성격이 조금 옹졸한 편이어서(경제적으로 어려우면 사람이 옹졸해지기 쉽지요) 서 참위에게 놀림을 많이 당하는 거예요. 서 참위는 안 초시를 '쫌보'라고 부르는데요, 사람이 조금 좀스럽다고 그렇게 놀리는 거겠지요. 그런데 경제적 형편이 어려우면 남의 농담도 여유있게 잘 받아넘기지 못하고 상처로 받아들이기가 쉬워요. 바로 안 초시가 그런 경우지요.

거기에다가 안 초시와 서 참위의 차이가 또 있답니다. '초시'는 조선 시대 최고 시험인 과거의 첫 번째 시험이란 뜻으로, 그것을 통과한 사람들에게도 붙이는 호칭이지만, 그것과 관계없이 한문을 조금 아는 유식한 양반에게도 관습적으로 붙이던 호칭이었어요. 그런데 서 참위의 '참위'는 무관, 요새로 하면 군인의 직위였어요. 조선 시대만 하더라도 문관이 무관보다 더 우대를 받았어요. 아마 안 초시에게는 서 참위를 무관 출신이라고 다소 낮추어 보는 마음도 있었을 거예요. 더군다나 지금 서 참위는 기생이나 갈보가 방을 구하러 와도 '네에 네에' 하며 따라다녀야 하는 '심부름꾼'의 처지에 있지요. 그래서 안 초시는 종종 서 참위가 '가쾌'에 불과하다고 낮추어 보고 있는 거예요. 그런데 이 당시 우리나라에도 자본주의가 도입되어 조선 시대와 같은 신분 질서가 무너지고 '돈'이 가장 중요한 세상이 되었어요. 서 참위는 그러한 자본주의에 나름대로 잘 적응하여 자신을 낮추어 가면서 돈을 벌어 생활을 영위하고 있는데, 안 초시는 번번이 실패를 겪고는 몰락해 있으면서도 서 참위를 낮추어 보는 '도도한' 태도를 버리지 못하고 있는 거예요(50전으로 안경다리를 고치지 못하는 모습에서도 안 초시의 이러한 모습이 드러난답니다). 그러니까 서 참위는 변화하는 현실에 나름대로 잘 적응하는 데 반해, 안 초시는 현실에 잘 적응하지 못하니까 현실에 대해 늘 불만을 품는 거예요. "말끝마다 '젠—장……'이 아니면 '흥!' 하는 코웃음을 잘 붙이"는 안 초시의 모습은 바로 이처럼 현실에 잘 적응하지 못하여 불만을 품는 그의 처지를 반영하고 있지요.

안 초시와 서 참위의 갈등의 이면에는 이처럼 복잡한 사연이 담겨 있답니다. 짤막한 단편에 이처럼 복잡한 사연을 담아내는 작가의 솜씨가 놀랍지요. 박희완 노인은 이 둘에 비해 성격이 조금 약해요. 다만 두 사람 사이에서 갈등을 무마시키는 역할을 하고, 거기에다가 안 초시가 부동산 투기에 가담하도록 잘못된 정보를 전달해 주는 역할을 하지요.

Q 작품 후반으로 가면 안 초시와 딸 사이의 갈등이 주된 내용인 것 같아요. 안 초시가 자살하는 것도 그 때문인데, 두 사람은 무엇 때문에 갈등하는 건가요?

A 작품 후반부의 중심 내용은, 박희완 영감에게 들은 거짓 소문을 믿고 딸 안경화를 부추겨 부동산에 투기하게 한 안 초시가 결국 딸에게 큰 손해를 입히고는 목숨을 끊는 것입니다. 안경화는 아버지로 인해 큰 경제적 손실을 입은 거예요. 그래서 아버지에게 좋은 감정을 가지기가 어려웠을 겁니다. 그런데 부녀 간의 갈등은 그 이전부터 있어 왔어요. 안 초시는 안경다리를 고치고 싶어 하는데, 딸이 돈을 너무 적게 주어서 마음에 드는 안경다리로 고치지 못하고 대신 그 돈을 담뱃값으로 날리고 말지요. 곧 안 초시는 딸이 자신에게 인색하다고 여기고 있었어요. 안경화로서는 안경다리를 고치라고 돈을 주었는데도 안경다리는 고치지 않고 담뱃값으로 날리고 마는 아버지가 못마땅했겠지요. 그리고 안경화는 아버지에게 용돈을 더 넉넉하게 주는 대신 아버지 생명 보험을 들었는데, 이 보험이란

것은 자신이 죽은 뒤에야 타는 것이므로 안 초시에게는 아무 도움이 되지 않는 거예요. 이처럼 안 초시와 안경화는 경제적인 문제로 이전부터 사이가 벌어져 있었지요. 요즘도 흔히 볼 수 있는 부모 자식 간의 갈등이지요. 물론 딸의 공연을 보면서 서 참위가 딸 흉을 보니까 안 초시가 발끈하는 것은 그래도 자식 편을 들지 않을 수 없는 아버지로서의 애정이 있었던 것이고요. 안 초시가 부동산으로 일확천금을 노리게 되는 것도, 서 참위처럼 자신도 삶의 기회를 더 찾아보아야 하겠다는 야망도 작용했겠지만, 딸이 자신에게 인색하니까 자신도 돈을 벌지 않으면 안 되겠다는 마음이 들었기 때문이겠지요. 그랬는데 결국 큰 실패를 보고 마니까, 딸에 대한 미안한 마음으로 안 초시는 결국 자살하고 마는 거지요.

Q 처음에는 안 초시와 갈등하던 서 참위가, 안 초시가 죽은 뒤에는 안 초시 편을 들어 안 초시의 딸과 대립하고 있어요. 서 참위의 태도는 왜 변하는 건가요?

A 작품 초반에는 안 초시와 서 참위 사이의 갈등이 주로 그려지지요. 그런데 안 초시가 서 참위를 못마땅해하는 것과 달리, 서 참위는 안 초시를 그렇게 못마땅해하지는 않아요. 물론 안 초시를 자주 '쫌보'라고 놀리긴 하지만요. 그러나 자신이 경영하는 복덕방에 안 초시가 거의 기거하다시피 하는 것을 허용하는 것만을 봐도 알 수 있듯이 안 초시에게 서운한 감정을 갖고 있지는 않아요. 반면 안 초시는 서 참위에게 매우 서운해하고 한편으로는 경멸하면서 다른 한편으로는 '두고 보자'는 마음도 갖고 있습니다. 이는 성격 탓이

기도 해요. 안 초시는 서 참위가 늘 '쫌보'라고 놀리고 '계집이라면 천상 남의 첩 감'이라고 평할 정도로 성격이 옹졸한 면이 있으나, 서 참위는 무인 출신답게 낙천적이고 호탕한 면이 있지요.

그런데 이는 비단 성격 탓만은 아니에요. 경제적 여유가 없는 사람은 안 초시와 같이 옹졸해지기가 쉽고, 경제적 여유가 있는 사람이 낙천적이거나 너그럽기란 그다지 어렵지 않은 법이에요. 그러니까 작품 초반에 그려지는 안 초시와 서 참위 사이의 갈등이란 것도 안 초시 입장에서는 매우 심각한 것이지만 서 참위 입장에서는 별것이 아닌 셈이에요.

그리고 서 참위는 의협심 같은 것도 있는 편이지요. 그런데 이 세상은 의협심, 혹은 도덕이나 윤리 같은 것이 점차 설 자리를 잃어 가고 있습니다. 오로지 경제 논리가 점점 더 세상을 지배하게 되지요. 아마 서 참위의 눈에는 안경화 역시 그렇게 보였을 겁니다. 당시 무용으로 이름을 날리고 있으면서도 아버지에게는 인색하게 구는 점도, 아버지 앞으로 보험을 들어 놓은 것도 못마땅했을 것이고, 나아가 안 초시가 자살한 데에는 안경화의 책임도 있다고 생각했을 거예요. 안 그래도 안 초시에게 인색했던 안경화가 아버지로 인해 막대한 경제적 손실을 입은 뒤에는 아마 더 심하게 안 초시를 대했겠지요. 안 초시가 "재물이란 친자 간의 의리도 배추 밑 도리듯 하는 건가?"라고 탄식하고, 이제는 50전은커녕 10전짜리도 얻어 볼 길이 없다고 하는 것을 보면, 아마 분명히 그랬을 거예요. 그러니 서 참위는 안 초시의 죽음에 대해 안경화의 책임이 있다고 생각했을 거예요. 안 초시가 죽은 뒤에 안경화가 자신의 명예만을 생각해서 경찰을 부르지 않은 것도 서 참위 마음에는 안 들었을 거고요. 그러나 서 참위는 그걸 빌미 삼아서, 안경화가 안 초시의 장례나마 잘 치러 주도록 유도를 하지요. 그러니까 이 작품에는 인정이나 윤리를 더 중시하는 노인 세대와, 자신의 체면(명예)이나 경제 논리를 더 우선시하는 안경화 세대 사이의 세대 간 갈등도 중요하게 그려지고 있는 셈이지요.

Q 이 작품은 잘못된 정보로 인해 투기에 나섰다가 파멸하는 안 초시 이야기인 것도 같고, 복덕방에 모여든 세 노인과 안 초시의 딸 사이의 세대 차이를 말하려는 것 같기도 하고, 어쩌면 서로 갈등도 하다가 편도 들다가 하면서 살아가는 노인 세대의 이야기인 것도 같아요. 이 작품은 결국 무엇을 이야기하고자 하는 건가요?

A 이 작품에는 일확천금을 꿈꾸던 안 초시의 실패 이야기, 안 초시 세대와 안경화 세대 사이의 가치관 차이와 그로 인한 갈등, 복덕방에 모인 세 노인 사이의 갈등, 이 모든 게 다 담겨 있습니다. 하나의 단편 속에 너무 많은 이야기가 담겨 있나요? 물론 한 편의 단편은 단일한 하나의 인상을 줄 수 있도록 주제의 통일성을 갖추는 것이 필요하지요. 그래서 다소 많은 이야기가 담겨 있는 이 작품에서 궁극적으로 무엇을 말하고자 하는지가 쉽게 파악되지 않는 것도 사실이에요. 그러나 작품의 결말 부분을 보면, 이미 안 초시는 죽고 없으나 안 초시를 대신하여 서 참위가 안경화와 대립하는 것으로 끝나고 있지요. 결말 부분에서 강조되는 것이 작품의 중심 주제가 된다고 할 수 있어요. 그러니까 결국 세대 간 갈등이 가장 중심적인

스토리를 구성하고, 안 초시와 서 참위 사이의 갈등은 부차적인 갈등이며, 안 초시의 부동산 투기 실패 이야기는 세대 간 갈등을 형성하는 하나의 요인이라고 정리할 수 있겠네요.

곧 이 작품은 안 초시 및 서 참위 등의 구세대의 가치관과 안경화가 대표하는 새로운 세대의 가치관의 갈등을 가장 중심적으로 그리고 있다고 할 수 있지요. 전자의 가치관은 인정이나 윤리를 중시하는 반면, 후자의 가치관은 경제 논리를 가장 우선시하지요. 일확천금을 꿈꾸는 안 초시는 구세대이면서도 후자에 많이 기울어져 파탄을 맞는다고 볼 수 있고요. 그리고 무엇보다 이러한 세대 간의 갈등이 단순한 가치관 차이에 따른 갈등이 아니라 시대의 변화에 따른 것으로 그려지고 있다는 점을 놓쳐서는 안 돼요. 안 초시가 보여 주듯이 구세대도 '경제 논리'를 무시할 수 없다는 점도 그렇거니와, 작품 마지막 장면에서 아무리 서 참위가 압력을 넣어 장례식을 후하게 치르고 있다고 하더라도, 장례식의 중심은 안경화에게 넘어가 있고 서 참위와 박희완은 주변으로 밀려나 있다는 점도, 이미 그러한 시대의 변화를 거스를 수 없게 되었음을 의미한다고 볼 수 있습니다.

> ❋ 더 읽어 봅시다 ❋
>
> **세대 간의 가치관 차이와 갈등을 그린 작품**
> 박완서, 〈지 알고 내 알고 하늘이 알건만〉 _중풍으로 쓰러진 시아버지의 수발을 들게 하기 위해 시장에서 장사를 하던 성남댁을 시어머니로 맞아들인 진태 엄마의 양체 같고 극악스러운 행태를 통해 세태를 풍자한 작품이다.

패강랭(浿江冷)

일제 강점 말기에 일본은 우리 민족을 그들에게 동화시키려는 정책을 펼쳤지요. 많은 사람들이 그에 저항했지만 또 적지 않은 사람들은 그에 영합하기도 했어요. 이 작품에서는 일제의 동화 정책에 영합하는 인물과 저항하는 인물이 대립하고 있어요. '대동강이 차다'라는 뜻의 제목처럼 너무도 험난한 세월을 그들은 과연 어떻게 맞으려고 하는지 작품을 감상해 봅시다.

패강랭(浿江冷) '패강'은 '대동강'의 옛 이름이고, '냉'은 '차다'는 뜻이므로, '패강랭'은 '대동강이 차다'라는 의미로, 이는 곧 당시의 험난했던 시대 상황을 뜻한다.

다락에는 제일강산(第一江山)이라, 부벽루(浮碧樓)라, 빛 낡은 편액(扁額)들이 걸려 있을 뿐, 새 한 마리 앉아 있지 않았다. 고요한 그 속을 들어서기가 그림이나 찢는 것 같아 현(玄)은 축대 아래로만 어정거리며 다락을 우러러본다.

질퍽하게 굵은 기둥들, 힘 내닫는 대로 밀어 던진 첨차와 촛가지의 깎음새들, 이조(李朝)의 문물(文物)다운 우직한 순정이 군데군데서 구수하게 풍겨 나온다.

다락에 비껴 대동강은 너무나 차다. 물이 아니라 유리 같은

다락 다락집. 높은 기둥 위에 벽이 없는 마루를 놓아 지은 집.
부벽루(浮碧樓) 평안남도 평양시 모란대(牡丹臺) 밑 청류벽(淸流壁) 위에 있는 누각. 1,000여 년 전에 세워진 것으로, 대동강에 면하여 있어 마치 물 위에 떠 있는 듯한 느낌을 주는 아름다운 누각이다.
편액(扁額) 종이, 비단, 널빤지 등에 그림을 그리거나 글씨를 써서 방 안이나 문 위에 걸어 놓는 액자.
첨차, 촛가지 절이나 궁궐의 처마에 뾰족뾰족 나온 장식을 '공포'라고 하는데, '첨차'와 '촛가지'는 이 공포의 부속물들이다.
이조(李朝) 조선을, 임금의 성(姓)을 좇아 이르는 말인 '이씨 조선'의 줄임말.

것이 부벽루에서도 한 뼘처럼 들여다보인다. 푸르기는 하면서도 마름[水草]의 포기포기 흘늘거리는 것, 조약돌 사이사이가 미꾸리라도 한 마리 엎디었기만 하면 숨 쉬는 것까지 보일 듯싶다. 물은 흐르나 소리도 없다. 수도국 다리를 빠져, 청류벽(淸流壁)을 돌아서는 비단필이 훨쩍 펼쳐진 듯 질펀하게 깔려 나갔는데 하늘과 물은 함께 저녁놀에 물들어 아득한 장미꽃밭으로 사라져 버렸다. 연광정(練光亭) 앞으로부터 까뭇까뭇 널려 있는 마상이와 수상선들, 하나도 움직여 보이지 않는다. 끝없는 대동벌에 점점이 놓인 구릉(丘陵)들과 함께 자못 유구한 맛이 난다.

현은 피우던 담배를 내어던지고 저고리 단추를 여미었다. 단풍은 이제부터 익기 시작하나 날씨는 어느덧 손이 시리다.

'조선 자연은 왜 이다지 슬퍼 보일까?'

현은 부여(扶餘)에 가서 낙화암(落花巖)이며 백마강(白馬江)의 호젓함을 바라보던 생각이 난다.

마름 마름과의 한해살이풀. 진흙 속에 뿌리를 박고, 줄기는 물속에서 가늘고 길게 자라 물 위로 나오며 깃털 모양의 물뿌리가 있다.
미꾸리 '미꾸라지'의 사투리.
청류벽(淸流壁) 평안남도 평양시 금수산 마루에 있는 을밀대 근처의 바위로 된 긴 절벽.
연광정(練光亭) 평양의 대동강가에 있는 누각. 평안도에 있는 여덟 군데의 명승지인 관서 팔경의 하나로, 대동강을 내려다볼 수 있는 덕암(德巖)이라는 바위 위에 있다.
마상이 거룻배처럼 노를 젓는 작은 배.
수상선(水上船) 물윗배. 뱃전이 비교적 낮고 바닥이 평평한 배.
구릉(丘陵) 언덕.
유구하다(悠久--) 아득하게 오래다.

현은 평양이 십여 년 만이다. 소설에서 평양 장면을 쓰게 될 때마다, 이번에는 좀 새로 가 보고 써야, 스케치를 해 와야, 하고 벼르기만 했지, 한 번도 그래서 와 보지는 못하였다. 소설을 위해서뿐 아니라 친구들도 가끔 놀러 오라는 편지가 있었다. 학창 때 사귄 벗들로, 이곳 부회 의원이요 실업가인 김(金)도 있고, 어느 고등 보통학교에서 조선어와 한문을 가르치는 박(朴)도 있건만, 그들의 편지에 한 번도 용기를 내어 본 적은 없었다. 이번에 받은 박의 편지는 놀러 오라는 말이 있던 편지보다 오히려 현의 마음을 끌었다. — 내 시간이 반이 없어진 것은 자네도 짐작할 걸세. 편안하긴 허이. 그러나 전임으론 나가 주고 시간으로나 다녀 주기를 바라는 눈칠세. 나머지 시간이라야 그리 오래 지탱돼 나갈 학과 같지는 않네. 그것마저 없어지는 날 나도 그때 아주 손을 씻어 버리려 아직은 지싯지싯 붙어 있네. — 하는 사연을 읽고는 갑자기 박을 가 만나 주고 싶었다. 만나야만 할 말이 있는 것은 아니지만 손이라도 한번 잡아 주고 싶어 전보만 한 장 치고 훌쩍 떠나 내려온 것이다.

부회(府會) 일제 강점기에, 부회(府會) 의원으로 구성된 부(府)의 의결 기관.
 부(府) 일제 강점기에, 군(郡)보다 위의 등급으로 설치한 지방 행정 구역. 지금의 시(市)에 해당하는 것으로, 전국 열두 곳에 두었다.
고등 보통학교(高等普通學校) 일제 강점기에, 보통학교를 졸업한 우리나라 학생을 대상으로 중등 교육을 실시하던 4~5년제의 학교. 1940년에 중학교로 이름을 고쳤다.
✽ 전임으론 나가 주고 시간으로나 다녀 주기를 전임 교원에서는 물러나고 시간제 교사로 다녀 주기를.
지싯지싯 남이 싫어하는지는 아랑곳하지 아니하고 제가 좋아하는 것만 자꾸 짓궂게 요구하는 모양.

정거장에 나온 박은 수염도 깎은 지 오래어 터부룩한 데다 버릇처럼 자주 찡그려지는 비웃는 웃음은 전에 못 보던 표정이었다. 그 다니는 학교에서만 지싯지싯 붙어 있는 것이 아니라 이 시대 전체에서 긴치 않게 여기는, 지싯지싯 붙어 있는 존재 같았다. 현은 박의 그런 지싯지싯함에서 선뜻 자기를 느끼고 또 자기의 작품들을 느끼고 그만 더 울고 싶게 괴로워졌다.

한참이나 붙들고 섰던 손목을 놓고, 그들은 우선 대합실로 들어왔다. 할 말은 많은 듯하면서도 지껄여 보고 싶은 말은 골라 낼 수가 없었다. 이내 다시 일어나 현은,

"나 좀 혼자 걸어 보구 싶네."

하였다. 그래서 박은 저녁에 김을 만나 가지고 대동강가에 있는 동일관(東一館)이란 요정으로 나오기로 하고 현만이 모란봉으로 온 것이다.

오면서 자동차에서 시가도 가끔 내다보았다. 전에 본 기억이 없는 새 빌딩들이 꽤 많이 늘어섰다. 그중에 한 가지 인상이 깊은 것은 어느 큰 거리 한 뿌다귀에 벽돌 공장도 아닐 테요 감옥도 아닐 터인데 시뻘건 벽돌만으로, 무슨 큰 분묘(墳墓)와 같이 된 건축이 웅크리고 있는 것이다. 현은 운전사에게 물어보니, 경찰서라고 했다.

긴하다(緊--) 꼭 필요하다.
뿌다귀 '뿌다구니'의 준말. 쑥 내밀어 구부러지거나 꺾여져 돌아간 자리.
분묘(墳墓) 무덤.

또 한 가지 이상하다 생각한 것은, 그림자도 찾을 수 없는 여자들의 머릿수건이다. 운전사에게 물으니 그는 없어진 이유는 말하지 않고,

"거, 잘 없어졌죠. 인전 평양두 서울과 별루 지지 않습니다."
하는 매우 자긍하는 말투였다.

현은 평양 여자들의 머릿수건이 보기 좋았었다. 단순하면서도 흰 호접과 같이 살아 보였고, 장미처럼 자연스러운 무게로 한 송이 얹힌 댕기는, 그들의 악센트 명랑한 사투리와 함께 '피양내인'들만이 가질 수 있는 독특한 아름다움이었다. 그런 아름다움을 그 고장에 와서도 구경하지 못하는 것은, 평양은 또 한 가지 의미에서 폐허라는 서글픔을 주는 것이었다.

현은 을밀대(乙密臺)로 올라갈까 하다 비행장을 경계함인 듯, 총에 창을 꽂아 든 병정이 섰는 것을 발견하고는 그냥 강가로 내려오고 말았다. 마침 놀잇배 하나가 빈 채로 내려오는 것을 불렀다. 주암산까지 올라갔다가 내려오자니까 거기는 비행장이 가까워 못 올라가게 한다고 한다. 그럼 노를 젓지는 말고 흐르는 대로 동일관까지 가기로 하고 배를 탔다.

머릿수건(-- 手巾) 머리에 쓰는 수건.
자긍하다(自矜 --) 스스로에게 긍지를 가지다.
호접(胡蝶) 호랑나비.
피양내인 평양(피양)의 아낙네.

나뭇잎처럼 물 가는 대로만 떠가는 배는 낙조가 다 꺼져 버리고 강물이 어두워서야 동일관에 닿았다.

이 요릿집은 강물에 내민 바위를 의지하고 지어졌다. 뒷문에 배를 대고 풍악 소리 높은 밤 정자에 오르는 맛은, 비록 마음 어두운 현으로도 적이 흥취 도연해짐을 아니 느낄 수 없다.

'먹을 줄 모르는 술이나 이번엔 사양치 말고 받아먹자! 박을 위로해 주자!' 생각했다.

박은 김을 데리고 와 벌써 두 기생으로 더불어 자리를 잡고 있었다. 김의 면도 자리 푸른 살진 볼과 기생들의 가벼운 옷자락을 보니 현은 기분이 다시 한 번 갠다.

"이 사람, 자네두 김 군처럼 면도나 좀 허구 올 게지?"

"허, 저린 색시들 반허세!"

하고 박은 씨이 웃는다.

"그래 요즘 어떤가? 우리 김 부회 의원 나리?"

"이 사람, 오래간만에 만나 히야카시부턴가?"

"자넨 참 늙지 않네그려! 우리 서울서 재작년에 만났던가?"

"그렇지 아마……. 내 그때 도시 시찰로 내지 다녀오던 길이니까……."

낙조(落照) 1. 저녁에 지는 햇빛. 2. 지는 해 주위로 퍼지는 붉은 빛.
도연해지다(陶然---) 감흥 등이 북받쳐 누를 길이 없어지다.
히야카시(ひやかし) '조롱, 놀림'이란 뜻의 일본어.
시찰(視察) 두루 돌아다니며 실지(實地)의 사정을 살핌.
내지(內地) 외국이나 식민지에서 본국을 이르는 말. 여기에서는 '일본'을 가리킴.

"참, 자넨 서평양인지 동평양인지서 땅 노름에 돈 좀 잡았다데그려?"

"흥, 이 사람! 선비가 돈 말이 하관고?"

"별수 있나? 먹어야 배부르데."

"먹게, 오늘 저녁엔 자네가 못 먹나 내가 못 먹나 한번 해 보세."

"난 옆에서 경평대항전 구경이나 헐까?"

"저이들은 응원하구요."

기생들도 박과 함께 말 참례를 시작한다.

"시굴 기생들 우습지?"

"우습다니? 기생엔 여기가 서울 아닌가. 금수강산 정기들이 다르네!"

기생들은 하나는 방긋 웃고, 하나는 새침한다. 방긋 웃는 기생을 보니, 현은 문득 생각나는 기생이 하나 있다.

"여보게들?"

"그래."

"벌써 열뒤 해 됐네그려? 그때 나 왔을 때 저 능라도에 가 어죽 쒀 먹던 생각 안 나?"

하관고 '하관(何關)이냐', 즉 '무슨 상관이냐'는 뜻임.
경평대항전(京平對抗戰) 서울(경성)과 평양 사이에서 서로 대항하여 승부를 겨루는 일. 일제 강점기에 주로 운동 경기를 가지고 행사가 벌어졌다.
참례(參禮) 예식, 제사, 전쟁 등에 참여함.
어죽(魚粥) 생선죽. 생선의 살을 주재료로 하여 끓인 죽.

"벌써 그렇게 됐나 참."

"그때 그 기생이 이름이 뭐드라? 자네들 생각 안 나나?"

"오, 그렇지!"

비스듬히 벽에 기대었던 김이 놀라 일어나더니,

"이거 정작 부를 기생은 안 불렀네그려!"

하고 손뼉을 친다.

"아니, 그 기생이 여태 있나?"

"살았지 그럼."

"기생 노릇을 여태 해?"

"아암"

"오오라!"

하고 박도 그제야 생각나는 듯이 무릎을 친다.

그때도 현이 서울서 내려와서 이 세 사람이 능라도에 어죽놀이를 차렸다. 한 기생이 특히 현을 따라, 그때만 해도 문학청년 기분이던 현은 영월의 손수건에 시를 써 주고 둘이만 부벽루를 배경으로 하고 사진을 다 찍고 하였었다.

"아니, 지금 나이 몇 살일 텐데 아직 기생 노릇을 해? 난 생각은 나두 이름두 잊었네."

"그리게 이번엔 자네가 제발 좀 데리구 올라가게."

"누군데요?"

하고 기생들이 묻는다.

"참, 이름이 뭐드라?"

박도,

"이름은 나두 생각 안 나는걸……."

하는데 보이가 온다.

"기생, 제일 오랜 기생, 제일 나이 많은 기생이 누구냐?"

보이는 멀뚱히 생각하더니 댄다.

"관옥인가요? 영월인가요?"

"오! 영월이다 영월이. 곧 불러라."

현은 적이 으쓱해진다. 상이 들어왔다. 술잔이 돌아간다.

"그간 술 좀 뱄나?"

박이 현에게 잔을 보내며 묻는다.

"웬걸……. 술이야 고학할 수 있던가, 어디……."

"망할 자식 가긍허구나! 허긴 너희 따위들이 밤낮 글 써야 무슨 덕분에 술 차례가 가겠니! 오늘 내 신세지……."

"아닌 게 아니라……."

하고 김이 또 현에게 잔을 내어밀더니,

"현 군도 인젠 방향 전환을 허게."

한다.

"방향 전환이라니?"

"거 누구? 뭐래던가 동경 가 글 쓰는 사람 있지?"

"있지."

가긍하다(可矜--) 불쌍하고 가엾다.

"그 사람 선견이 있는 사람야!"
하고 김은 감탄한다.

"이 자식아, 잔이나 받아라. 듣기 싫다."
하고 현은 김의 잔을 부리나케 마시고 돌려보낸다.

박이 다 눈두덩을 내리쓸도록 모두 얼근해진 뒤에야 영월이가 들어섰다. 흰 저고리 옥색 치마, 머리도 가르마만 약간 옆으로 탔을 뿐, 시체 기생들처럼 물들이거나 지지거나 하지 않았다. 미닫이 밑에 사뿐 앉더니 좌석을 휙 둘러본다. 김과 박은 어쩌나 보느라고 아무 말도 않고 영월과 현의 태도만 번갈아 살핀다. 영월의 눈은 현에게서 무심히 스쳐 지나 박을 넘어뛰어 김에게 머무르더니,

"영감, 오래간만이외다그려."
하고 쌩끗 웃는다.

"허! 자네 눈두 인젠 무뎄네그려! 자넬 반가워할 사람은 내가 아냐."

"기생이 정말 속으로 반가운 손님헌텐 인살 안 한답니다."
하고 슬쩍 다시 박을 거쳐 현에게 눈을 옮긴다.

"과연 명기로군! 척척 받음수가······."
하고 김이 먼저 잔을 드니 영월은 선뜻 상머리에 나앉으며 술병

선견(先見) 어떤 일이 일어나기 전에 미리 앞을 내다보고 앎.
시체(時體) 그 시대의 풍습·유행을 따르거나 지식 등을 받음. 또는 그런 풍습이나 유행.
명기(名妓) 이름난 기생.

을 든다.

웃은 지 오래나 눈 속은 그저 웃는 것이 옛 모습일 뿐, 눈시울에 거무스름하게 그림자가 깃들인 것이나 볼이 홀쭉 꺼진 것이나 입술이 까시시 메마른 것은 너무나 세월이 자국을 깊이 남기고 지나갔다.

"자네, 나 모르겠나?"

현이 담배를 끄며 묻는다.

"어서 잔이나 드시라우요."

잔을 드는 현과 눈이 마주치자 영월은 술이 넘는 것도 모르고 얼굴을 붉힌다.

"자네도 세상살이가 고단한 걸세그려?"

"피차일반인가 봅니다. 언제 오셨나요?"

하고 현이 마시고 주는 잔에 가득히 붓는 대로 영월도 사양하지 않고 받아 마신다.

"전엔 하아얀 나비 같은 수건을 썼더니……."

"참, 수건이 도루 쓰고퍼요."

"또 평양말을 더 또렷또렷하게 잘했었는데……."

"손님들이 요샌 서울말을 해야 좋아한답니다."

"그깟 놈들……. 그런데 박 군? 어째 평양 와 수건 쓴 걸 볼 수 없나?"

피차일반(彼此一般) 이편이나 저편이나 서로 같음.

"건 이 김 부회 의원 영감께 여쭤 볼 문젤세. 이런 경세가(經世家)들이 금령을 내렸다네."

"그렇다드군 참!"

"누가 아나 빌어먹을 자식들……."

"이 자식들아, 너희야말루 빌어먹을 자식들인게……. 그까짓 수건 쓴 게 보기 좋을 건 뭐며 이 평양부 내만 해두 일 년에 그 수건값허구 당깃값이 얼만지 알기나 허나들?"

하고 김이 당당히 허리를 펴고 나앉는다.

"백만 원이면? 문화 가치를 모르는 자식들……."

"그러니까 너희 글 쓰는 녀석들은 세상을 모르구 산단 말이야."

"주제넘은 자식……. 조선 여자들이 뭘 남용을 해? 예펜네들 모양 좀 내기루? 예펜넨 좀 고와야지."

"돈이 드는걸……."

"흥! 그래 집안에서 죽두룩 일해, 새끼 나 길러, 사내 뒤치개질해……. 그리구 일 년에 당기 한 감 사 매는 게 과하다? 아서라, 사내들 술값, 담뱃값은 얼만지 아나? 생활 개선, 그래 예펜네들 수건값이나 당깃값이나 졸여 먹구? 요 푼푼치 못한 경세가들아? 저흰 남용할 것 다 허구……."

경세가(經世家) 세상을 다스려 나가는 사람.
금령(禁令) 어떤 행위를 하지 못하게 하는 법령.
푼푼하다 옹졸하지 아니하고 시원스러우며 너그럽다.

"망할 자식, 말버릇 좀 고쳐라……. 이 자식아, 술이란 실사회선 얼마나 필요한 건지 아니?"

"안다. 술만 필요허냐? 고유한 문화 필요치 않구? 돼지 같은 자식들……. 너희가 진줄 알 수 있니……. 허……."

"히도오 바카니스루나 고노야로(사람 깔보지 마라, 이 자식)……."

"너희 따윈 좀 바카니시데모 이이나아(깔봐도 좋다)……."

"나니(뭐라구)?"

"나닌 다 뭐 말라빠진 거냐? 네 술 좀 먹기루 이 자식, 내 헐 말 못헐 놈 아니다. 허긴 너헌테나 분풀이다만……."

하고 현은 트림을 한다.

"이 사람들 고걸 먹구 벌써 취했네들그려."

박이 이쑤시개를 놓고 다시 잔을 현에게 내민다. 김은 잠자코 안주를 집는 체한다.

오래 해 먹어서 손님들 기분에 눈치 빠른 영월은 보이를 부르더니 장구를 가져오게 하였다. 척 장구채를 뽑아 잡고 저쪽 손으로 먼저 장구 전두리를 뚱땅 울려 보더니,

"어―따 조오쿠나 이십―오―현 탄―야월……."

하고 불러내기 시작한다. 현은 물끄러미 영월의 핏줄 일어선 목을 건너다보며 조끼 단추를 끌렀다. 부들부들 떨리는 손으로 상

전두리 둥근 그릇의 아가리에 둘려 있는 전의 둘레. 또는 둥근 뚜껑 등의 둘레의 가장자리.

머리를 뚜드려 본다. 그러나 자기에겐 가락이 생기지 않는다.

"에 — 헹 — 에 — 헤이야 — 하 어 — 라 우겨 — 라 방아로구나……."

하고 받는 사람은 김뿐이다. 현은 더욱 가슴속에서만 끓는다. 이런 땐 소리라도 한마디 불러내었으면 얼마나 속이 시원하랴 싶어진다. 기생들도 다른 기생들은 잠잠히 앉아 영월의 입만 쳐다본다. 소리가 끝나자 박은,

"수고했네."

하고 영월에게 술 한 잔을 권하더니 가사를 하나 부르라 청한다. 영월은 사양치 않고 밀어 놓았던 장구를 다시 당기어 안더니,

"일조 — 오 — 나앙군……."

불러낸다. 박은 입을 씻고 씻고 하더니 곡조는 서투르나 그래도 꽤 어울리게 이런 시 한 구를 읊어서 소리를 받는다.

"각하 — 안 — 산 — 진 수궁처……. 임 — 정 — 가고옥 — 역난위를…….*"

박은 눈물이 글썽해 후우 한숨으로 끝을 맺는다.

자리는 다시 찬비가 지나간 듯 호젓해진다.

✤ 각한산진수궁처 임정가곡역난위(却恨山盡水宮處 任情歌哭亦難爲) 단재 신채호가 나라가 망하는 것을 보고 망명길에 올랐을 때 지은 시의 일부로, '산도 막히고 물도 다한 곳에 다다라 문득 한탄하노니, 마음 놓고 노래 부르고 울부짖기도 어렵구나.'라는 뜻이다. 암울한 시대 현실에 대한 박의 슬픔과 분노, 의분과 함께 위축된 심리 역시 드러나 있는 표현이다.
호젓하다 후미져서 무서움을 느낄 만큼 고요하다.

김은 보이를 부르더니 유성기를 가져오라 했다. 재즈를 틀어 놓더니 그제야 다른 두 기생은 저희 세상인 듯 번차 김과 마주 잡고 댄스를 추는 것이다.

"영월이?"

영월은 잠자코 현의 곁으로 온다.

"난 자넬 또 만날 줄은 몰랐네, 반갑네."

"저 같은 걸 누가 데려가야죠?"

"눈이 너머 높은 게지?"

"네?"

유성기 소리에 잘 들리지 않는다.

"눈이 너머 높은 게야?"

"천만에…… 그산 많이 상허섰에요."

"응?"

"많이 상허섰에요."

"나?"

"네."

"자네가 그리워서……."

"말씀만이라두……."

"허!"

유성기(留聲機) 축음기. 원통형 레코드 또는 원판형 레코드에 녹음한 음을 재생하는 장치.
번차(番次) 서로 번갈아 가며 드는 차례나 순번.

댄스가 한 곡조 끝났다. 김은 자리에 앉으며 현더러,

"기미모 오도레(자네도 춤추게)."

한다.

"난 출 줄도 모르네. 기생을 불러 놓고 딴스(댄스)나 하는 친구들은 내 일찍부터 경멸하는 발세."

"자네처럼 마케오시미 츠요이(고집이 센)한 사람두 없을 걸세. 못 추면 그냥 못 춘대지……."

"흥! 지기 싫어서가 아닐세. 끌어안구 궁뎅잇짓이나 허구, 유행가 나부랭이나 비명을 허구, 그게 기생들이며 그게 놀 줄 아는 사람들인가? 아마 우리 영월인 딴슬 못 할 걸세. 못하는 게 아니라 안 할걸?"

"아이! 영월 언니가 딴슬 어떻게 잘하게요."

하고 다른 기생이 핼긋 쳐다보며 가로챈다.

"자네두 그래 딴슬 허나?"

"잘 못한답니다."

"글쎄, 잘허구 못허구 간에?"

"어쩝니까? 이런 손님 저런 손님 다 비윌 맞추자니까요."

"건 왜?"

"돈을 벌어야죠."

"건 그리 벌기만 해 뭘 허누?"

"기생일수록 제 돈이 있어야겠습디다."

"어째?"

"생각해 보시구려."

"모르겠는데? 돈 많은 사내헌테 가면 되지 않나?"

"돈 많은 사내가 변심 않구 나 하나만 다리고 사나요?"

"그럴까?"

"본처나 되면 아무리 남편이 오입을 해두 늙으면 돌아오겠지 하구 자식 낙이나 보면서 살지 않어요? 기생야 그 사람 하나만 바라고 갔는데 남자가 안 들어와 봐요? 뭘 바라고 삽니까? 그리게 살림 들어갔다 오래 사는 기생이 몇 됩니까? 우리 기생은 제가 돈을 뫄서 돈 없는 사낼 얻는 게 제일이랍니다."

"야! 언즉시야라, 거 반가운 소리구나!"

하고 박이 나앉는다. 그리고,

"난 한 푼 없는 놈이다. 직업두 인젠 벤벤치 못하다. 내 예펜네라야 늙어서 바가지두 긁지 않을 거구, 자네 돈 뫘으면 나 하구 사세?"

하고 영월의 손을 끌어당긴다.

"이 사람, 영월인 현 군 걸세."

"참, 돈 가진 기생이나 얻는 수밖에 없네 인젠……."

하고 현도 웃었다.

"아닌 게 아니라 자네들 이제부턴 실속 채려야 하네."

하고 김은 힐긋 현의 눈치를 본다.

언즉시야(言則是也) 말인즉 옳음.

"더러운 자식!"

"홍, 너희가 아무리 꼬장꼬장한 체해야……."

"뭐 이 자식……."

하더니 현은 술을 깨려고 마시던 사이다 컵을 김에게 사이다째 던져 버린다. 깨지고 뛰고 하는 것은 유리컵만이 아니다. 기생들이 그리로 쏠린다. 보이들도 들어온다.

"이 자식? 되나 안 되나 우린 우린……. 이래 뵈두 우리……."

하고 현의 두리두리해진 눈엔 눈물이 핑 어리고 만다.

"이런 데서 뭘……. 이 사람 취했네그려, 나가 바람 좀 쐬세."

하고 박이 부산한 자리에서 현을 이끌어 낸다. 현은 담배를 하나 집으며 복도로 나왔다.

"이 사람아? 김 군 말쯤 고지식하게 탄할 게 뭔가?"

"후……."

"그까짓 무슨 소용이야……."

"내가 취했나 보이……. 내가……. 김 군이 미워 그러나?…… 자넨 들어가 보게……."

현은 한참 난간에 의지해 섰다가 슬리퍼를 신은 채 강가로 내려왔다. 강에는 배 하나 지나가지 않는다. 바람은 없으나 등골

꼬장꼬장하다 성미가 곧고 결백하여 남의 말을 좀처럼 듣지 않는 경향이 있다.
두리두리하다 둥글고 커서 시원하고 보기 좋다.
부산하다 급하게 서두르거나 시끄럽게 떠들어 어수선하다.
탄하다 남의 말을 탓하여 나무라다.

이 오싹해진다. 강가에 흩어진 나뭇잎들은 서릿발이 끼쳐 은종이처럼 번뜩인다. 번뜩이는 것을 찾아 하나씩 밟아 본다.

"이상견빙지(履霜堅冰至)……."

〈주역(周易)〉에 있는 말이 생각났다. 서리를 밟거든 그 뒤에 얼음이 올 것을 각오하란 말이다. 현은 술이 확 깬다. 저고리섶을 여미나 찬 기운은 품속에 사무친다. 담배를 피우려 하나 성냥이 없다.

"이상견빙지……. 이상견빙지……."

밤 강물은 시체와 같이 차고 고요하다.

■「삼천리문학」(1938. 1);『이태준단편집』(학예사, 1941)

이상견빙지(履霜堅冰至) 서리를 밟을 때가 되면 얼음이 얼 때도 곧 닥친하는 뜻으로, 어떤 일의 징후가 보이면 머지않아 큰일이 일어날 것임을 이르는 말.
주역(周易) 유교의 경전인 삼경(三經)의 하나. 글자 그대로 주(周)나라 시대에 나온 역(易)이라는 말인데, 천지만물이 끊임없이 변화하는 자연 현상의 원리를 설명하고 풀이한 것이다. 본디 점서(占書), 즉 점에 대한 것을 적은 책으로, 세상 만물을 음양(陰陽)의 이원론으로 설명하여 그 으뜸을 태극(太極)이라 하였고 거기에서 육십사괘를 만들었는데, 이에 맞추어 철학, 윤리, 정치상의 해석을 덧붙였다.

패강랭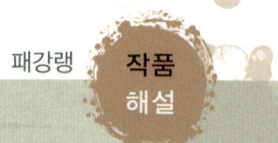

등장인물 들여다보기

| 현

소설가로서 우리 문화와 풍습을 아끼며, 일제 강점 말기의 동화 정책과 엄혹한 분위기에 맞서 자기를 지키려는 자세와 각오를 가다듬는 지사적인 인물입니다.

평양의 고등 보통학교에서 조선어 및 한문 교사로 있는 친구 박으로부터 조선어 수업 시간이 반으로 줄어들었고 전임 자리에서도 물러날 것 같다는 편지를 받고는, 그를 위로하려고 오랜만에 평양을 찾지요. 평양에 가서는 사라져 가는 우리 풍습과 문화, 조선의 자연 등에서 슬픔을 느끼는데요, 특히 평양 여인들의 머릿수건이 사라진 데 대해 아쉬움을 느낍니다.

평양에서 실업가로 있고 평양부회 의원을 지내는 친구 김이 마련한 술자리에 박과 함께 참석하지만, 일제의 정책에 동조하면서 살아가는 김과 사사건건 의견 대립을 일으키기도 하지요. 오랜만에 만난 기생 영월에게서 위안을 얻지만, 끝내 실속을 차리라고 강요하는 김에게 사이다 컵을 던지며 화를 내고는 대동강가로 내려와 '서리를 밟거든 그 뒤에 얼음이 올 것을 각오하라'는 〈주역〉의 한 구절을 떠올립니다. 작가의 분신과 같은 존재로서, 일제 정책에 의해 훼손되어 가는 우리 문화에 대한 애착과, 일제의 동화 정책에 순응하지 않으려는 각오를 함께 보여 주는 인물이지요.

김

현과 대척적인 위치에서, 일제의 정책에 순응하며 살아가는 전형적인 인물입니다. 평양에서 실업가로 있으면서 동시에 평양부회 의원을 지내고 있지요. 오랜만에 평양을 찾은 친구 현과 박을 위해 술자리를 마련하여 주지만, 경제 논리를 앞세워서 친구들에게 이제는 시세에 영합하여 변화하라고 요구합니다. 그래서 지조를 굽히지 않는 현과 술자리 내내 부딪치지요.

박

현의 친구로서, 평양의 고등 보통학교에 조선어 및 한문 교사로 재직하고 있는 인물입니다. 얼마 전 조선어 수업 시간이 반으로 줄었으며 곧 전임에서도 물러나게 될 것 같다는 편지를 현에게 보내, 현으로 하여금 평양을 방문하도록 만들지요. 현은 그에게서 "이 시대 전체에서 긴치 않게 여기는, 지싯지싯 붙어 있는 존재" 같은 느낌을 받는데, 현 자신도 역시 그러하다고 느껴요. 곧 박은, 현과 서로 공감하고 연민하는 존재인 것이지요. 현 및 김과의 술자리에서 신채호가 지은 것으로 알려진 한시를 읊어 시대가 험난하다는 것을 표현하기도 합니다.

영월

현과 김, 박이 어울린 술자리에 참여하는 평양의 기생으로, 현이 열두어 해 전 평양에 왔을 때 서로 좋은 감정을 품었던 적이 있는 인물입니다. 이제는 평양에서 "제일 오랜 기생, 제일 나이 많은 기생"이 되어 있지요. 젊은 기생들처럼 시대의 유행을 좇아가지는 않는다는 점에서 현과 통하는 면이 있으나, 손님의 비위를 맞추기 위해 서양 댄스를 춘다는 점에서 현과 다른 면을 보이기도 합니다. 오랜만에 평양을 찾은 현에게 한편으로는 위안이 되어 주면서, 다른 한편으로 현실의 변화에 따라 사람도 변할 수밖에 없음을 알려 주는 존재이지요.

작품 Q&A

"선생님, 궁금해요!"

Q 이 작품의 배경에 대해 설명해 주세요.

A 이 작품은 1938년에 처음 발표되었는데, 작품 속에서 특별히 시대적 배경에 대해 언급하고 있지 않으므로 이 작품의 시간적 배경은 작품 발표 당시로 보아야 할 거예요. 작품 속에서 박이 평양의 학교에서 조선어와 한문을 가르치는 선생이라고 했는데, 수업 시간이 절반으로 줄었다는 이야기가 나오지요? 잘 알다시피 1930년대 후반 들어 일본 제국주의는 점점 조선어 말살 정책을 펴 나갔어요. 1938년 3차 조선교육령을 통해 '조선어 및 한문' 과목을 선택 과목

으로 전락시키고, 1년 뒤엔 각급 학교에서 조선어 수업을 사실상 폐지하였으며, 1940년대 들어서는 우리말 신문을 폐간하였고, 드디어 1943년 4차 교육령에서는 조선어 과목을 완전히 삭제하였어요. 그러니까 이 작품은 1938년의 3차 조선 교육령에 따른 조선어 및 한문 과목의 축소를 배경으로 삼고 있지요. 공간적 배경은 작품 속에 밝혀져 있듯이 '평양'이에요.

Q 작품 전반부에서는 주인공 현이 오랜만에 평양에 와서 느끼는 평양의 자연이나 거리에 대한 감회를 그리고 있어요. 그런데 "조선 자연은 왜 이다지 슬퍼 보일까?"라는 현의 느낌이 인상적이에요. 현은 왜 평양에 와서 슬픔을 느끼는 건가요?

A 작품의 전반부는 10년 만에 평양에 내려온 현이 평양의 풍경을 보면서 느끼는 감회가 주를 이루고 있지요. 먼저 현은 대동강가의 부벽루에 와 있어요. 거기서 현은 낡은 이조 시대의 유물들이 풍기는 '우직한 순정'을 맛보며, 멀리 대동강 주변의 산하에서는 '자못 유구한 맛'을 느껴요. 우리 유물과 자연에 대한 현의 애정을 느낄 수 있지요. 그 애정은 그러나 행복감으로 이어지지 않아요. 현은 "조선 자연은 왜 이다지 슬퍼 보일까?"라고 생각해요. 곧 우리 것에 대한 현의 애정은 슬픔의 감정으로 귀결되지요. 왜 그럴까요? 이후에 서술되는 주인공의 전후 행로를 보면 그 이유를 짐작할 수 있어요.

주인공이 10년 만에 평양에 발걸음을 하게 된 까닭은 평양에 있는 친구 박을 위로하기 위해서예요. 박은 고등 보통학교에서 조선어와 한문을 가르치는 선생인데, 담당 시간이 반으로 줄어들었고 나머지 시간도 그리 오래 지탱될 것 같지 않다는 편지를 현에게 보내 온 것이지요(여기에서 일제 강점 말기의 민족 말살 정책이 우리 민족의 숨통을 죄어 오던 상황을 읽어 낼 수 있습니다). 정거장에서 "이 시대 전체에서 긴치 않게 여기는, 지싯지싯 붙어 있는 존재" 같은 느낌을 주는(물론 이 표현이 친구 박에 대한 현의 경멸은 아닙니다. 일제 강점하의 현실에서 밀려나는 우리 것에 대한 현의 비애의 감정이 이 표현에도 스며들어 있지요) 박을 만난 후 현은 혼자 평양 시내를 구경하는데, 거기서 현이 느끼는 것들은 주로 일제의 식민지 지배 및 그로 인해 사라져 가는 우리의 풍물과 연관되어 있어요. 자동차로 돌아본 평양의 시내에서 현은 새로 들어선 빌딩들 사이에서 어느 큰 거리 한 뿌다귀에 시뻘건 벽돌만으로, 무슨 큰 분묘(墳墓)와 같이 된 건축이 웅크리고 있는 것을 인상 깊게 새기는데, 그것은 바로 경찰서지요. 일제가 우리 민족을 강압적으로 지배하는 데에 중요한 도구로 쓰인 기구가 바로 경찰이었어요.

이와 같이 새로 들어선 것들에 대비되어 사라진 것도 있어요. 이전에 보기 좋았던 평양 여인들의 머릿수건이 바로 그것이지요. '피양내인'들의 독특한 아름다움이었던 머릿수건이 사라져 버린 것도, 나중에 술자리에서 김이 한 말에 따르면, 일제의 정책과 무관하지 않은 것으로 보여요. 아름다운 우리의 자연과 전통문화, 풍물이 일제의 정책에 의해 점차 사라져 가는 데서 현은 슬픔을 느끼는 거지요. 사라져 가는 아름다움에서 느끼는 비애의 감정은 비단 이 작품뿐 아니라 작가 이태준의 단아한 단편 소설 세계를 지탱하고 있는 가장 중요한 미학 중 하나예요. 그것을 절제된 감정으로 깔끔하게 그려 냄으로써 작가는 우리 단편 소설의 완성자라고 일컬어지게 되었어요. 이 작품의 전반부도 그러한 작가의 특징을 잘 담아내고 있답니다.

Q 작품 후반부에서는 주로 김과 주인공 현의 대립이 다뤄지고 있는데요, 아마 김이 일제의 정책에 부응하며 살아가는 것에 대해 현이 분노하고 비판하는 것이겠지요?

A 네, 잘 보았습니다. 김은 현재 평양부회 의원이에요. 부회 의원이란 지금의 시의원 같은 것으로, 당시의 부회 의원도 물론 선거로 뽑았으나, 소득세를 얼마 이상 내는 고소득층에게만 선거권이 주어지는 등 선거권이 매우 제한되어 있었어요(1939년 경성부회 의원, 즉 지금의 서울시 의원을 뽑는 선거에서 선거권자는 겨우 28,431명에 불과했어요). 그런데 이처럼 잘사는 사람들은 대부분 일본의 식민지 정책과 아주 밀접하게 연관되어 있는 경우가 많았어요. 그래야 부를 쌓고 또 그 부를 유지하는 데에 유리하니까요. 곧 '친일파'들이 잘살았고, 선거권도 주로 그들에게만 주어진 것이지요. 그리고 부회 의원에는 당시 우리나라에 들어와서 살고 있던 일본인들도 많이 당선되었어요. 그러니 당연히 김은 일본의 식민지 정책에 적극 찬성하고, 그 덕택에 친구들에게 비싼 술도 대접할 수 있을 정도로 부를 누리고 있는 것이지요. 그러면서 김은 현에게 이제 '방향 전환'을 하라느니, '실속을 차리라'느니 하고 권유하는데, 이는 곧 정부의 시책(일제의 정책)에 협조하면서 살라는 이야기나 마찬

가지예요. 김이 방향 전환을 하라면서 예로 드는 것이 '동경 가서 글 쓰는 사람'인데, 이는 곧 이제 글을 조선어로 쓰지 말고 일본어로 쓰라는 것이지요. 현은 김에 맞서서 그럴 수 없다고 뻗대고 있는 것이고요. 그러니 현과 김은 극단적으로 대립할 수밖에 없는 거지요.

그런데 현과 김의 대립은 비단 일제 정책에의 협조 여부만이 아니라, 다른 한편으로는 근대 지향과 반(反) 근대 지향 사이의 대립이라는 의미도 함축하고 있어요. 우리나라는 근대 자본주의 사회를 형성하기 이전에 일본의 식민지로 전락해서 근대화가 주로 일본에 의해 진행되었어요. 물론 그 근대화는 일본의 식민지로서의 근대화였으므로 매우 불완전한 상태로 진행되었지요. 김이 대변하고 있는 일제의 논리는 어쨌거나 근대 자본주의를 지향하는 논리랍니다. 문화 가치보다는 경제 가치를 더 내세우는 것도 그와 부합하는 것이지요. 그에 반해 현은 문화 가치를 내세워서 경제 논리에 맞서고 있는 것인데, 그가 내세우는 문화 가치는 우리 전통문화에 닿아 있으므로 근대적이라기보다는 반 근대적 지향을 내포하고 있답니다. 김이 이제 실속을 차리라고 권유를 하자 현이 사이다 컵을 던지면서 "이 자식? 되나 안 되나 우린 우린…… 이래 베두 우리……." 하고 말을 못 맺고 있는데, 처음 발표될 때에는 "이 자식? 되나 안 되나 우린 이래 베두 예술가다! 예술가 이상이다. 이 자식……."이라고 되어 있었어요. 이는 작품집에 실으면서 수정된 것인데, 무엇 때문에 수정을 했는지 모르겠으나, 원래는 '예술가 이상'이라는 자부심에 강조점이 놓여 있었던 것이지요. 그건 아마 근대적인 경제 논리나 혹은 시대 조류에 종속되지 않는 예술을 의미했을 겁니다. 그러므로 김과 현의 대립은 단순한 친일 여부가 아니라 복합적인 가치관의 대립이라 할 수 있어요.

Q 영월이라는 기생은 왜 등장하는지 그 이유를 잘 모르겠어요. 기생 문화도 현이 아끼는 우리의 전통문화에 드는 건가요? 그리고 영월은 현과 마음이 통하는 것 같으면서도 또 다른 것 같기도 해요.

A 지금은 거의 사라지고 없지만, 기생은 술자리에서 춤이나 노래로 흥을 돋우는 역할을 하던 여성이에요. 일종의 접대부니까 분명히 남성 중심의 가부장적 사회에서 발생한, 여성을 비하하는 문화의 산물이라 할 수 있지요. 그러나 다른 한편으로 옛날의 기생들은 춤이나 노래(창)뿐 아니라 시나 서예 등, 여러 방면의 예술적인 활동을 담당하기도 하였어요. 오늘날의 접대부들과는 품격이 다르지요. 그래서 황진이와 같은 빼어난 시조를 창작한 기생이나, 논개와 같이 나라가 위기에 처했을 때 용기를 발휘한 기생도 존재했어요. 대개 기생들은 나이가 들면 자신을 거두어 줄 남자와 살림을 차렸는데, 상대방은 대개 그럴 수 있을 만큼 부유해야 했지요. 그러나 이 작품의 영월처럼 가난한 남자에게 자신을 의탁하리라고 생각하는 기생도 충분히 있었을 수 있어요.

이 작품에서 영월은 주인공 현과 십여 년 전에 술자리에서 만나 서로에게 좋은 감정을 가졌던 기생으로, 지금의 술자리에도 불러내어지지요. 그러고는 우리의 과거 문화가 사라져 가는 것을 애석해하는 현에게 동조하는 모습을 보이고, 또 실제로 우리 문화라 할 수 있는 창을 몇 대목 부르지요. 그 모습은 유성기로 재즈를 틀어 놓고 댄스를 추는 김이나 젊은 기생들과는 확연히 다른 모습이에요. 그러니까 영월은 일단 현과 함께 '과거의 우리 문화'를 대변하는 역할을 한답니다.

그런데 다른 한편으로 영월은 현과 분명히 다른 면도 보이고 있어요. 처음에 술자리에 들어와서도 현이 아니라 김에게 먼저 인사를 하지요. 물론 김이 "자넬 반가워할 사람은 내가 아냐."라고 하자 얼른 "기생이 정말 속으로 반가운 손님헌텐 인살 안 한답니다."라고 받아넘기지만, 사실 현은 십여 년 만에 만나는 손님인 데 반해 김은 아마 가끔 자신을 찾아준 손님일 것이므로(또한 김이 평양에서 실업가로 있으면서 평양부회의 의원까지 맡고 있는 인물이기에) 김에게 먼저 인사를 하는 것이 당연하지요. 그리고 서양 댄스와 관련해서도 영월은 현과 갈라져요. 현은 술자리에서 서양 음악을 틀어 놓고 남녀가 서로 끌어안고 '궁댕잇짓'을 하는 댄스를 대단히 못마땅해하며 "우리 영월인 딴슬 못할 걸세."라고 추측하지만, 그 기대와 달리 영월은 댄스를 제법 잘하는 것으로 드러나지요. 기생은 자신을 불러 주는 손님이 있어야 먹고 살 수 있기 때문에, 그 손님이 원하는 대로 흘러갈 수밖에 없어요. 기생뿐 아니라 일반 민중들은 대개 그럴 수밖에 없겠지요. 그러니까 현과 같이 우리 전통문화에 대한 '지조'를 지키는 일은 아무에게나 가능한 것은 아니었어요. 그래서 영월은 현이 지향하는 것이 사실은 이상주의적이고 현실과는 잘 맞지 않을 수 있음을 드러내는 역할도 하는 셈이에요.

현은 분명히 작가의 생각을 대변하는 역할을 해요. 물론 작품 속의 인물은 어디까지나 허구적 존재이기 때문에, 아무리 작가의 분신과 같은 존재라고 여겨질 때에도 작가와 혼동해서는 안 됩니다. 그럼에도 불구하고 작가의 생각을 대변하는 인물은 충분히 존재할 수 있는데, 이 작품의 현도 그런 존재임이 분명하지요. 그런데 소설 작품에서는, 이 작품의 영월 같은 존재가 등장하여 작가가 작품을 통해 드러내고자 하는 '생각'도 언제나 옳은 것은 아니고 상대적일 수도 있다는 것을 은근히 암시할 수 있답니다. 이 작품에서도 영월은 주인공이 항상 옳은 것만은 아님을 보여 줌으로써 작품을 더욱 풍부하게 만들어 주는 역할을 하고 있답니다.

Q 마지막 장면에서 현이 '이상견빙지(履霜堅冰至)'를 읊조리면서 작품이 끝나는데, 이는 무엇을 의미하나요?

A 술자리에서 현은 김과 맞서서 언쟁을 벌인 후, 강가로 내려와 미음을 추스르면서 '이상견빙지(履霜堅冰至)'라는 〈주역〉의 한 구절을 떠올립니다. 이는 '서리를 밟거든 그 뒤에 얼음이 올 것을 각오하라'는 뜻이지요. 그러니까 이 작품에 그려진 내용들은 '서리'에 불과하다는 것이고, 이제 더 본격적인 추위가 다가올 것이라고 예감하는 것이에요. 박이 맡고 있는 조선어 과목이 절반으로 축소되고 박이 전임 자리에서도 물러날 위기에 처한 것, 김이 현에게 이제는 실속을 차려서 일본어로 창작도 하고 시세에도 영합하라고 충고하는 것, 이런 정도는 '서리'라는 거예요. 실제로 이 이후에 조선어 과목은 아예 폐지되고, 조선어 신문이나 잡지 등도 모두 폐간되어 조선어로 글을 발표하는 것 자체가 아예 불가능한 시대가 오게 되지요. 나아가 적극적인 친일 행위가 강요되었고, 전시 체제라서

그에 대한 저항은 무자비하게 탄압되었어요. 이미 이 시점에서 작가는 그러한 '얼음의 시대'가 올 것을 예감하고 있는 것입니다. 또한 단지 예감만 하는 건 아니고, 그에 대비하는 스스로의 '각오'를 다지고 있는 거예요. 그러므로 '이상견빙지'는 이 작품을 통해 작가가 말하고자 하는 주제를 잘 함축하고 있는 말이라 할 수 있어요.

❖ 더 읽어 봅시다 ❖

현실에 순응하는 사람과 저항하는 사람 사이의 대결을 그린 작품
채만식, 〈치숙(痴叔)〉 _일제 강점하의 현실을 긍정하며 기꺼이 일제에 동화되어 살겠다는 '나'가 사회주의 운동 때문에 옥살이를 하고 나온 아저씨의 무능력함을 비판하는 내용을 '나'의 독백 형식으로 서술하며, 실제로는 이를 통해 현실에 영합하는 '나'의 삶의 태도를 부정하는 풍자적, 반어적 특징을 지닌 작품이다.

사냥

사냥은 인간이 원시 시대부터 해 온, 인류의 가장 오래된 '일' 중 하나이지요. 자그마한 동물을 사냥할 때에는 혼자서도 할 수 있지만, 큰 짐승을 사냥할 때에는 한두 사람이 아니라 여러 사람의 협동이 필요해요. 이 작품에서도 여러 사람의 협동으로 사냥이 이루어져요. 그런데 그렇게 사냥한 짐승을 누군가가 몰래 훼손하였어요. 과연 누가 그런 일을 벌였는지, 또 그것을 어떻게 밝혀내는지 작품을 한번 읽어 볼까요?

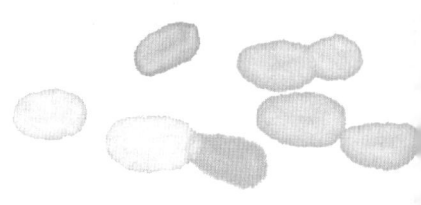

　심란한* 것뿐, 무슨 이렇다 할 병이 있어서도 아니요 자기 체질에 저혈(猪血)*이 맞으리라는 무슨 근거를 가져서도 아니었다.* 손이 바쁘던 때는, 어서 이 잡무에서 헤어나 조용히 쓰고 싶은 것이나 쓰고 읽고 싶은 것이나 읽으리라 염불처럼 외어 왔으나 이제 막상 손을 더 대려야 댈 수가 없게 되고 보니 그것들이 잡무만은 아니었던 듯 와락 그리워지는 그 편집실이요 그 교실들이었다.

　사람이 안정한다는 것은 손발이 편안해지는 데 있는 것은 아니었다. 한은 한동안 문을 닫고 손발에 틈을 주어 보았다.* 미달

심란하다(心亂--) 마음이 어수선하다.
저혈(猪血) 돼지의 피.
✤ 심란한 것뿐, 무슨 ~ 근거를 가져서도 아니었다 잠시 후에 언급할, 사냥에 나서게 된 이유를 밝히는 문장이다. 곧 사냥에 나서게 된 것이 그냥 마음이 어수선해서였지, 병이 있어서라거나 돼지의 피가 자기 체질상 건강에 도움이 될 것 같아서는 아니었다는 것이다.
✤ 손발에 틈을 주어 보았다 손과 발을 쓰는 일을 줄여서 손과 발이 편하도록 하여 보았다.

이 가까이 앉아 앙상한 앵두나무 가지에 산새 내리는 것도 내다보았고 가랑잎 구르는 응달진 마당에 싸락눈 뿌리는 소리도 즐겨 보려 하였다. 그러나 하나도 마음에 안정을 가져오지 않을 뿐 아니라 점점 신경을 날카롭게 메마르게 해 주는 것만 같았다. 이번 사냥은 이런 신경을 좀 눅여 보려는 한갓 산책에 불과한 것이었다.

한은 즐거웠다. 오래간만에 학생 때 친구 윤을 만나는 것도 반가웠다. 편지 한 장으로 구정°을 생각하여 모든 것을 주선해 놓고 부르는 그의 우정이 감사하였다. 오래간만에 촌길을 걸을 것, 험준한 산마루를 달려 볼 것, 신에게서 받은 자세대로 힘차게 가지를 뻗은 정정한 나무들을 쳐다볼 수 있을 것, 나는 꿩을 떨구고, 닫는 노루와 멧도야지를 고꾸라뜨릴 것, 허연 눈 위에 온천처럼 용솟음쳐 흐를 피, 동나무 화톳불에 가죽째 구워 뜯을 짐승의 다리, 생각만 하여도 통쾌한 야성적인 정열이 끓어올랐다. 아무리 문화에 길들었어도 사람의 마음 한구석에는 야성에의 향수가 늘 대기하고 있는 듯하였다.

월정리(月井里)에서 차를 내리니 윤은 약속대로 두 포수와 함께 홈°에 나와 기다리고 있었다. 윤은 한의 손을 잡고,

---

구정(舊情) 옛정.
홈 플랫폼(platform). 역에서 기차를 타고 내리는 곳.

"그냥 만나선 어디 알겠나?"

하며 의심스럽게 쳐다보았다. 한 역시 한참 마주 들여다보지 않을 수 없었다.

"열다섯 해란 세월이 인생에겐 이렇게 긴 걸세그려!"

대합실에 나와 포수들과 지면을 하고 담배를 한 대씩 피워 물고 찻길을 건너 서북편으로, 촌길로는 꽤 넓은 길을 걷기 시작하였다. 늙은 포수는 꿩철 따위는 아예 재지도 않는다고 하였고 젊은 포수만이, 우선 저녁 찬거리라도 장만해야 한다고 탄자를 재더니 길섶으로만 꼬리를 휘저으며 달아나는 '도무'라는 개의 뒤를 따랐다. 전에는 황무지였으나 수리 조합 덕에 개간이 되어 한 십 리 들어가도록은 뫼초리 한 마리 일지 않는 탄탄대로였다. 여기를 걷는 동안, 한은 윤에게서 대서업자로서 본 인생관이라고 할까 세계관이라 할까 단편적이나마 솔직하긴 한 이야기를 심심치 않게 들었다. 결국, 민중이란 어리석은 것이란 것, 이 어리석은 무리들에게 도의를 베푸는 손은 너무 먼 데 있는데

✤ "그냥 만나선 어디 알겠나?" ~ 들여다보지 않을 수 없었다 서로 친구이면서도 워낙 오랜만에(15년 만에) 만나서 서로를 알아보기가 어려웠다는 의미이다.
지면(知面) 처음 만나서 서로 알게 됨.
꿩철 문맥상 '꿩을 사냥하는 데 사용되는 특수한 사냥 기구(총의 일종)'로 보임.
탄자(彈子) 탄알.
수리 조합(水利組合) 일정한 지역 안의 토지 소유자 또는 토지 가옥 소유자가 모여 농지에 대한 관개용(灌漑用) 저수지나 제방 등에 관한 사업을 목적으로 조직한 법인체. 토지 개량 조합으로 이름이 바뀌었다가 현재는 한국 농어촌 공사로 바뀌었다.
뫼초리 모초리. '메추라기'의 사투리.
대서업자(代書業者) 남을 대신하여 관청 행정이나 법률 행위에 필요한 서류를 작성하여 주고 보수를 받는 직업인 '대서업'을 하는 사람.

그렇지 않은 손들은 그들의 주위에 너무 가까이, 너무 많이 있다는 것이다. 그래 그들은 행복하기가 쉽지 못하다는 것이다. 학창을 처음 나와서는 그들을 위해 의분도 느꼈었으나 자기 하나의 의분쯤은 이른바 홍로점설(紅爐點雪)에 불과하였고, 그런 모리배(謀利輩)들만의 촌읍 사회에 끼어 일이 년 생계를 세우는 동안, 어느 틈엔지 현실에 영리해졌다는 것이요, 그 덕에 오늘에 이르런 사무실 문을 닫고 이렇게 삼사 일씩 나와 놀아도 집에선 조석 걱정은 않게끔 되었노라 실토하였다. 그리고 읍 사람들은 너무 겉약고 촌사람들은 너무 무지몽매하다는 것을 몇 번이나 한탄하였다.

차츰 엷게 눈이 깔린 산기슭이 가까워졌다. 동네를 하나 지나서부터는 논 대신 밭들이 나오며 길도 촌맛이 나기 시작했다. 꼬리가 짐짐 긴장해지딘 도무란 놈이 그루만 남은 콩밭으로 뛰어들었다. 사람 눈에는 아무것도 보이지 않는데 개는 코를 땅에 붙이고 썰썰 맴을 돌면서 내음을 해 나간다. 젊은 포수는 총을 바투 잡고 바짝 따라선다. 일행은 길 위에 서서들 바라보았다. 불과 오륙십 보 안에서다. 아무것도 보이지 않던 밭고랑에서 푸

홍로점설(紅爐點雪) 홍로상일점설(紅爐上一點雪). 1. 빨갛게 달아오른 화로 위에 한 송이의 눈을 뿌리면 순식간에 녹아 없어지는 데에서, 도를 깨달아 의혹이 일시에 없어짐. 2. 사욕(私慾)이나 의혹(疑惑)이 일시에 꺼져 없어짐.
모리배(謀利輩) 온갖 수단과 방법으로 자신의 이익만을 꾀하는 사람. 또는 그런 무리.
조석(朝夕) 아침밥과 저녁밥을 아울러 이르는 말.
겉약다 겉으로는 약은 체하지만 실상은 어리석다.
바투 두 대상이나 물체의 사이가 썩 가깝게.

사냥

드득하더니 수엽랑˚ 같은 장끼 한 마리가 뜬다. 날개도 제대로 펴기 전에 총부리에서 흰 연기가 찍 뻗더니 탕 소리와 함께 꿩은 그 순간 물체가 되어 밭둑에 툭 떨어지는 것이었다. 한은 꿩을 주우러 뛰어갔으나 개가 먼저 와 물었다. 한이 달래 보았으나 개는 쏜살같이 저의 주인에게로 달아났다. 주인이 꿩을 받으니 개는 주인의 다리에 제 등허리를 문대기며 끙끙대며 기고 뛰고 하였다. 주인에게 충실하기만 한 것이 아니라 제 공을 되도록 크게 알리려는 공리욕˚도 개의 강렬한 근성˚인 듯하였다.

꿩은 죽지˚ 밑에 피가 좀 배어 나왔을 뿐, 그림같이 고요해 있었다. 푸드득푸드득 공간을 파도를 치듯 하며 세차게 날던 것, 어느 불꽃이, 어느 솟는 샘이 그처럼 싱싱한 생명이었으랴만 탕 소리 한 번 순간에 이처럼 모든 게 정지해 버린다는 건, 분수없이 허무한 것이었다. 아무튼 사냥 기분은 이 장끼 한 마리에서부터 호화스러워지는 것 같았다.

장산˚들은 아직도 아득하더니 여기서도 시오 리나 들어가서야 이들의 근거지가 될 동네가 나타났다. 이발소가 있고 여인숙

수엽랑 문맥상 '수를 놓아 예쁘게 꾸민 주머니'란 뜻인 듯함.
공리욕(功利欲) 공명(功名)과 이익만을 구하는 욕심.
  공명(功名) 공을 세워서 자기의 이름을 널리 드러냄.
근성(根性) 태어날 때부터 지니고 있는 근본적인 성질.
죽지 새의 날개가 몸에 붙은 부분.
장산(壯山) 웅장하고 큰 산.

이 있고 주재소까지 있는 꽤 큰 거리였다. 뜨뜻한 갈자리 방에 간소한 여장들을 끄르고 우선 꿩을 뜯고 국수를 누르게 하였다. 한은 시장했기도 했지만, 한 산기슭에서 자란 때문일까 꿩과 메밀이 그처럼 제격인 것은 처음 맛보았다.

점심을 치르고 나니 해는 어느덧 산머리에 노루 꼬리만큼밖엔 남지 않았다. 여기서도 오 리는 올라가야 해마다 해 보아 몰이에 익숙한 사람들이 있는 산마을이 있고, 그 마을 뒷등부터가 곧 노루며 멧도야지며, 때로는 곰까지도 나오는 목이 산 갈피마다 무수히 있어, 대엿새 동안은 날마다 새 골짜기를 털어 볼 수 있다는 큰 사냥터라는 것이었다.

몰이꾼을 마퀴려 늙은 포수만이 윗 마을로 올라가고 한과 윤과 젊은 포수는 거리에 남았다. 꿩은 해가 질 무렵에도 내리는 것이라고 이들은 다시 사냥을 나섰다. 과연 도무는 낮에보다는 꿩을 흔하게 퉁기었다. 총은 한 마리나 혹은 두 마리인 경우에는 으레 하나씩은 떨구었다. 그러나 십여 마리씩 떼로 몰린 데서는 개와 총이 사정(射程) 안에 들어서기 전에 어느 한 놈이고 먼저 날았고, 한 놈만 날면 우르르 따라 날아 버렸다. 어둑스레

주재소(駐在所) 일제 강점기에, 순사가 머무르면서 사무를 맡아보던 경찰의 말단 기관. 8·15 광복 후에 지서(支署)로 고쳤다.
갈자리 삿자리. 갈대를 엮어서 만든 자리.
여장(旅裝) 여행할 때의 차림.
마퀴다 '맞추다'의 사투리. 일정한 수량이 되게 하다.
사정(射程) 사정거리. 탄알, 포탄, 미사일 등이 발사되어 도달할 수 있는 곳까지의 거리.

해서 거리로 들어설 때는 눈발이 부실부실 날리었다. 기름진 까투리며 장끼며 다섯 마리나 차고 들고 신등에 눈을 털며 남폿불 빠안한 촌방에 들어서는 정취엔 한은 도회에 남기고 온 몇 친구가 그리웠다. 발을 씻고 불돌을 제쳐 놓고 싸리나무 불에 말리고 꿩을 볶아 저녁을 먹고, 주인집 젊은이를 불러내어 국수내기 화투를 치고, 자정이나 되어 이가 저린 동치밋국에 꿩과 메밀의 그 깔끄럽고도 미끄러운 밤참을 먹고, 밤 국수 먹으러, 혹은 밤낚시질 다니다가, 혹은 딴 동네 처녀에게 반해 다니다가 도깨비한테 홀리던 이야기로 두 시가 넘어서야 잠들이 들었다.

눈들이 부성한 이튿날 아침은, 술 먹은 뒤처럼 머리가 터분하고 속이 쓰렸다. 한은 그것이 도리어 심리적으로는 구수하였다. 꿩 한 자웅에 사 원이 넘는다는 말을 들으니 더욱, 진작 이런 촌에 와 밭날갈이나 장만하고 총 허가나 맡았더면, 하는 후회도 났다.

자연 늦은 조반이 되었다. 눈은 겨우 발자국 날 만치 깔리었고, 바람은 잔잔하여 사냥하기에는 받은 날씨라 하였다.

열 시나 되어 윗마을에 닿았다. 카랑카랑한 늙은 포수는 몰이꾼을 넷이나 데리고 일곱 시서부터 길에 나와 섰노라고 성이 나 있었다.

불돌 화로의 불이 쉬 사그라들지 않도록 눌러놓는 조그만 돌이나 기왓장.
부성하다 부숭하다. 얼굴이 부어오른 듯한 느낌이 있다.
터분하다 날씨나 기분 등이 시원하지 않고 매우 답답하고 따분하다.
자웅(雌雄) 암컷과 수컷.
밭날갈이 며칠 동안 걸려서 갈 만큼 큰 밭.

이내 산으로 들어섰다. 몰이꾼들은 듬성듬성 새를 두어 산기슭, 산 낮은 허리, 중허리, 상허리에 늘어서고 포수들과 윤과 한은 산등을 타고 넘어 두 골짜기 만에 가 목을 잡되, 가장 긴요한 목에 늙은 포수가 앉고 다음 목에 젊은 포수가 앉고, 잘못되어 처지면 이리도 짐승이 빠질는지도 모른다는 목에 윤과 한이 섰기로 하였다. 이들은, 만일에 짐승이 오는 눈치면 소리를 질러 다른 목으로 에워만 놓으라는 것이었다.

　거의 한 시간이 걸려서야 뚜— 뚜— 소리들이 들려왔다. 아래위로 맞받으면서 가닥나무를 뚜드리면서 산을 싸고 넘어왔다. 산비둘기가 몇 마리 날았을 뿐, 짐승은 나타나지 않았다. 포수들은 이번엔 다음 산의 자차분한 솔밭 속으로 들어서며 자귀를 해 나가기 시작하였다. 늙은 포수는 이내 꽤 큰 노루의 발자국을 찾아내었다. 자국 난 데 눈을 만져 보더니 이날 아짐에 지나간 것이 틀리지 않다 하였다. 한 등성이를 넘었을 때다. 갑자기 도무의 이악스럽게 짖는 소리가 났다. 늙은 포수는 "아뿔싸!" 하며 혀를 찼다. 개가 너무 멀리 앞질러 가 퉁긴 것이었다. 송아지 같은데 목과 다리만 날씬한 것이 벌써 꺼불거리고 다음 산비탈을 뛰고 있었다. 늙은 포수는 큰 사냥터에 꿩 사냥개를

긴요하다(緊要--) 꼭 필요하고 중요하다.
자차분하다 잘고 아담하게 차분하다.
자귀 짐승의 발자국. 문맥상 '자귀를 하다'는 '짐승의 발자국을 찾으려 하다'의 뜻인 듯함.
이악스럽다 달라붙는 기세가 굳세고 끈덕진 데가 있다.
꺼불거리다 거볍게 자꾸 흔들려 움직이다. 또는 그렇게 하다.

데리고 왔다고 찡찡거렸다. 개는 임자가 불러도 자꾸만 짐승만 다우쳤다.

"저 노룬 오늘 백 리두 더 갈 거요."

포수들은 그 노루는 단념하고 다른 데 몰이를 붙였다. 또 허탕이었다. 그 다음 산마루에서 불을 해 놓고 점심들을 먹을 때다. 한은 배는 아직 든든하나 다리가 아팠다. 담배를 한 대 피워 물고 꽤 높은 고개의 분수령에 앉아 멀리는 첩첩한 산등성이를 내려다보는 맛과 가까이는 아람찬 참나무들의 드센 가지들을 쳐다보는 것만도 통쾌하였다.

몰이꾼들은 베 보자기를 끌러 놓고 싯누런 조밥덩이를 김치 쪽에 버무려 우적우적 탐스럽게 먹었다. 그 숫된 사나이들과 화톳불에 둘러앉아 인생의 한때를 쉬어 보는 것도 즐거운 일이었다. 그들의 빈 보자기들이 다시 그들의 꽁무니에 채워지고 곰방대들을 꺼내 물 때다. 포수 하나가 무어라고인지 소리를 꽥 질렀다. 몰이꾼의 하나가 총을 집어 들고 만적거린 것이었다.

"그 사람이 총 묘릴 몰라서요?"

"알구 모르구."

"그 사람 노룰 다 쐈는걸요."

다우치다 '다그치다'의 사투리. 일이나 행동 등을 빨리 끝내려고 몰아치다.
분수령(分水嶺) 근원이 같은 물이 두 줄기로 갈라져 흐르기 시작하는 산마루나 산맥.
아람차다 아름차다. 두 팔을 벌려 껴안은 둘레의 길이에 가득하다.
숫되다 순진하고 어수룩하다.
묘리(妙理) 묘한 이치.

"노루를 쏘다니?"

하는데, 침이 지르르한 두터운 입술이 벌쭉거리며 얼굴이 시뻘개진 당자가 불 앞으로 왔다. 혼솔이 희끗희끗 닳았으나 곤색 양복 조끼를 저고리 위에 입은 것이나 챙이 꺾이었으나 도리우치를 쓴 것이나 지카다비를 신은 것이나 몰이꾼 패에서는 이채였다. 그러면서도 얼굴만은 어느 쪽에서 보든지 두리두리한 것이, 흰자위 많은 눈이 공연히 실룽거리는 것이라든지 그중 어리숙해 보이는 사람이었다.

"아, 자네가 언제 총을 놔 봤나?"

늙은 포수가 물었다.

"왜 난 쏘믄 총알이 안 나간답디까?"

우쭐렁한 대답이었다.

"이런 젠—장, 누가 총알이 안 나간댔어! 언제 놔 봤느냐지?"

그는 아이처럼 흐하하 웃었다. 그리고 대뜸 신이 났다.

"사람 쏠 뻔하던 얘기 할까유?"

벌쭉거리다 속의 것이 드러나 보일 듯 말 듯하게 자꾸 조금 크게 벌어졌다 오므라졌다 하다.
혼솔 홈질로 꿰맨 옷의 솔기.
　홈질 옷감 두 장을 포개어 바늘땀을 위아래로 드문드문 꿰매는 바느질.
곤색(紺色) 감색. 짙은 청색에 적색 빛깔이 풍기는 색. '곤'은 '감'의 일본어 발음.
도리우치(とりうち) 챙이 짧고 덮개가 둥글넓적한 모양의 모자를 뜻하는 일본어.
지카다비(じかたび) (일본 버선 모양의) 노동자용 작업화를 뜻하는 일본어.
이채(異彩) 색다른 빛. 특별히 두드러지게 눈에 뜨임.
두리두리하다 둥글고 커서 시원하고 보기 좋다.
어리숙하다 1. 겉모습이나 언행이 치밀하지 못하여 순진하고 어리석은 데가 있다. 2. 제도나 규율에 의한 통제가 제대로 되지 않아 느슨하다.
우쭐렁하다 우쭐하다. 의기양양하여 뽐내다.

사냥

"어디 들어 보세."

"아! 하마틈 맹꽁이쇨* 차는걸······."

"요 아래 참나뭇굴서 그랬대지?"

"그럼유! 아, 꿩만 보구 냅다 쏘구 났더니 바루 그쪽에 숯 굽는 패가 둘이나 섰는 걸 금세 보군 깜박 야저 먹었지*? 가만 보니까 사람이 둘이 다 간 데가 없군요! 맞았음 쓰러졌지 별 수 있겠나유? 집으루 삼십육곌 부를랴는데 아, 한 녀석이 도낄 잔뜩 들구 성큼성큼 내려오지 않갔나유? 그땐 다리가 떨려 뙬 수두 없구······. 예끼, 경칠! 이왕 저눔 도끼에 죽느니 총으루 한 방 먼저 갈겨나 본다구 총을 바짝 쳐들었죠. 저눔이 소릴 지를 것만 같어서 겨냥을 할 수가 있어야쥬. 그냥 어림만 대구 잔뜩 들구서 가까이만 오길 기다렸쥬. 아, 수염이 시커머뭉투룩헌 게 여간 감때*가 아니쥬! 저만큼 오길래 방아쇨 지끈 당겼죠. 아, 귀에선 앵— 소리가 났는데 총이 구르지두 않구 연기두 안 나가구 저눔은 그냥 털레털레 벌써 앞으루 다 왔갔나유! 탄잘 얼결에 재지두 않구 방아쇠만 땡겼으니 나가긴 뭬 나가유! 아, 인전 이눔 도끼에 대가릴 찍히구 마는구나! 허구 앞이 캄캄해지는데 얼른 정신을 채려 보니까 그

맹꽁이쇠 문맥상 '수갑'을 말하는 듯함.
* 야저 먹었지 잊어 먹었지(잊어버렸지).
감때 '감때사납다'의 어간 중 일부로, '감때사납다'는 '(사람이나 그 외모, 행동 등이) 매우 험상궂고 사납다'는 뜻임.

잔 벌써 쇠고삐 한 기장은 지나서 내려가구 있지 않갔나유? 보니까 한 손엔 숫돌을 들구 개울루 도낄 갈러 가는 걸 모루구……. 흐하하…….”

한바탕 산마루에 웃음판이 벌어졌다.

"아—니, 총은 웬 총인데?"

그의 사촌이 한때 면장으로 총을 가지고 있었다는 것이었다. 그는 아직도 너머 동리에서 볏백이나 걷어 들이고 산다는 것이었다.

이날은 오후 참에도 결국 탕 소리를 못 내어 보고 내려오고 말았다. 다음 날도 노루 한 마리와 도야지 한 마리를 퉁기고도 몰이꾼들이 몰린 덴 너무 몰리고 뜬 데는 너무 떠 어느 한 마리도 총 목에 몰아넣지 못하고 말았다.

사흘째 되는 날은, 윤이 아침결에 나가더니 꿩을 두 마리나 쏘아 와, 한은 기운도 지치고 하여 점심에 국수나 눌러 먹는다는 핑계로 혼자 거리에 떨어지고 말았다.

저녁상이 나오도록 사냥꾼들은 돌아오지 않았다. 상을 물리고 거리길에 나서 어정거리는 때였다. 쿵 소리가 시커먼 병풍처럼 둘린 뒷산 어느 갈피에서 울려 나왔다. 연이어 또 한 방 쿵—

기장 옷 등의 길이. '쇠고삐 한 기장'은 '소의 굴레에 매어 끄는 줄 하나만큼의 길이'란 뜻임.
볏백 벼 백 섬.

울리었다. 한은 궁금했으나 기다리는 수밖에 없었다. 포수들은 그 후 두 시간이나 뒤에 나타났다. 황소만 한 멧도야지를 잡았다는 것이다. 참나무를 베어 그 위에 얹어 싣고 끄노라니 제대로 내려올 리가 없었다. 옆으로 굴러 한번 도랑에만 떨구면 여간해 끌어올릴 수가 없었다. 겨우 윗동네 앞까지 와서는 몰이꾼들도 허기가 져 모두 흩어졌다는 것이다. 윤은, 한더러, 오늘 밤 안으로는 피가 식지 않을 것이니 올라가자 하였으나 한은 저녁 먹은 것도 그저 뭉클한 채요, 어둡고 춥기도 하였고, 또 꼭 저혈을 먹기 위해 온 소위 피꾼도 아니요, 포수의 말에 의하면 식은 피라도 중탕을 하여 데우면 조금도 다를 것이 없다 하므로 이튿날 식전에들 올라가기로 한 것이다.

　세수들만 하고 해돋이에 윗마을로 올라왔다. 동네 사람들은 벌써 허옇게 나와 둘러싸고 있었다. 그 속에서 몰이꾼 하나가 불거져 뛰어오더니,

　"뭔지 변이 생겼습니다."

했다.

　"무슨?"

　"어떤 눔이 밤에 와 밸 온통 갈러 필 죄 쏟아 놓구 열은 떼두 못 가구 터뜨려만 놓구 살두 여러 근이나 떼 갔군요!"

뭉클하다　먹은 것이 잘 삭지 않아 가슴이 몹시 뭉치어 있는 듯한 느낌이 있다.
중탕(重湯)　끓는 물속에 음식을 담은 그릇을 넣어 익히거나 데움.
열　'쓸개'의 사투리.

가 보니 정말 그대로였다. 빛깔이나 털의 거침부터 짐승이라기보다 여러 백 년 된 고목의 한 토막 같은 게 쓰러졌다. 도적은 그 배만 가르지 않고 뒷다리 살을 썩둑썩둑 베어 갔다. 그것을 총질한 늙은 포수는 입술이 파래졌다.

"이건 이 동네 사람 짓이 틀림없죠."

하더니 구장˚ 집을 물었다.

"구장은 찾어 어떻게 허시료?"

"가만들 계슈. 내게 맡기슈."

늙은 포수는 구장을 시켜 동네 젊은 사람들을 모조리 구장네 사랑으로 모이게 하였다. 모두 칠팔 인밖에 안 되는데 그중에 네 사람은 이들의 몰이꾼들로, 그 도끼 갈러 내려가는 숯쟁이를 총으로 쏘았다는 곤색 양복 조끼짜리도 물론 끼어 있었다. 두 칸 방에 쭈욱 둘러 좌정˚이 되기를 기다려 늙은 포수는, 한편 어금니는 빠졌으나 말은 야무지게 입을 열었다.

"이게 한 사람의 짓이지 두 사람의 짓두 아닌 걸 가지구 이렇게 동네 여러 분네˚를 오시란 건 미안헌 줄두 모르지 않쇠다만, 사세부득˚ 이쯤 된 게니 잠깐만 용서들 허슈……. 내 방법이란 한 가지밖엔 없쇠다. 쥐인장, 물을 뒤˚ 대야만 뜨끈허게

구장(區長) 예전에, 시골 동네의 우두머리를 이르던 말.
좌정(坐定) 자리 잡아 앉음.
분네 둘 이상의 사람을 높여 이르는 말.
사세부득(事勢不得) 어쩔 수 없는 상황 때문에 그렇게 할 수밖에 없음.
뒤 '두어'의 준말. 그 수량이 둘쯤임을 나타내는 말.

데워 내오슈……. 고기에 탐내 그랬겠수. 쓸개에 탐이 났지만 어둬서 쓸개는 터뜨리기만 해 놓구 왔던 김이니 고기두 떼간 게지……. 아무튼 그 고길 오늘 아침에 삶어 놓구 뜯어 먹구 왔을 게요. 뱃속을 보선목이니* 뒤집어 보잘 순 없는 게구……. 뜨건 물에 손을 당거 봄 고기 주므른 사람 손이면 뜨는 게 있습넨다…….”

좌중이 일시에 눈들이 서로 손으로 갔다. 모두 둘씩은 가진 손이었다. 모두 울툭불툭 마디들이 험한 손이었다. 선한 일이고 악한 일이고 시키는 대로 할 뿐인, 죄 없는 손들이었다. 더구나 꾀로 살지 않고 힘으로 살기에, 도회지 사람들의 발보다도 더 험해진 그 순박한 손들에게 이런 야박스러운 모욕이란 생후 처음들일 것이었다. 한은 한편이긴 하나 늙은 포수가 오히려 얄미웠다. 이 자리에 한 손도 그 죄의 기름이 뜨는 손은 없기를 바랐다. 그러나 데운 물그릇이 나오기 전에 여러 사람의 시선을 혼자 쪼이는 손이 있었다. 곤색 양복 조끼의 손이었다. 깍지도 껴 보고, 무릎 밑에 깔아도 보고, 허리춤을 긁적거려도 보고, 나중엔 완전히 떨리어 곰방대를 내어 담배를 담았다. 눈치 빠른 늙은 포수는 얼른 끼고 앉았던 화로를 내밀었다. 담뱃불을 붙이느라고 길게 뺀 고개가 어딘지 어색할 뿐 아니라 불에 갖다 대는

✽ 뱃속을 보선목이니 뱃속을 버선목처럼.
대통(-桶) 담배통. 담뱃대에서 담배를 담는 통.

대통이 덜덜 떨리었다. 늙은 포수는 버럭 소리를 질렀다.

"저 사람이 담뱀 붙여, 뭘 붙여?"

양복 조끼는 그만 입에서 놓쳐 버린 곰방대를 화로에서 집노라고 쩔쩔매었다. 늙은 포수는 옴팡한 눈으로 그를 할퀴듯 쏘아보았다. 그만 양복 조끼의 얼굴은 화로보다도 더 이글거렸다. 늙은 포수는 문을 열어젖히며 안으로 소리를 쳤다.

"쥐인장? 물 데 내올 것두 없쇠다."

그리고,

"한 사람만 남구 죄 없는 분들은 하나씩 일어나 나가슈."

하였다. 끝내 못 일어서기는커녕, 고개도 못 들고 남아 있는 것이 이 양복 조끼였다. 늙은 포수는 어느새 철썩 그의 귀때기를 갈겼다.

결국 구장이 나와, 자기 동리에서 생긴 불상사를 사과하였고, 이쪽의 처분을 기다리노라 하였다. 늙은 포수에게서는 이내 계산이 나왔다.

"피가 그 돼지헌테서 다섯 사발만 나왔겠소? 소불하 다섯 사발 치구두 오십 원 허구, 쓸개가 어제 저 사람 제 입으루두 사십 원짜린 염려 없을 게라구 그랬소. 사십 원 허구, 뒷다릴 함부루 썰어 놨으니 가죽이 못쓰게 되잖었소? 가죽 값 십 원만

옴팡하다 가운데가 조금 오목하게 들어가 있다.
소불하(少不下) 적게 잡아도.

허구, 백 원만 물어 노슈. 오늘 이 지경 됐으니 사냥헐 맛 있게 됐소? 오늘 하루두 우린 손해요."

"참, 손해가 많으시군요! 허나 이 사람이야 단돈 십 원을 해낼 주제가 어디 되나요. 요 너머 이 사람 사춘이 한 분 계시니 내 넘어가 의논허구 과히 억울치 않두룩 마련하오리다. 아무튼 주재소에만 알리지 말구 내려가 기다려 주시기요."

늙은 포수는 주재소 말이 저쪽에서 나온 김이라, 오후 세 시까지 기다려서 소식이 없을 때는 주재소에 고소를 한다고 하였고,

"저따위 덜된 자석은 몇 해 가막소* 밥을 멕여야 사람 구실을 헐 거요."

하고 을러메었다.*

아무튼 도야지를 각을 떠* 석 점이나 지워 가지고 거리로 내려왔다. 식전에 십 리 길을 걸은 속이라 모두 시장했으나 한 사람도 고기 맛이 있을 리 없었다. 뒷일은 늙은 포수에게 맡기고 한과 윤은 젊은 포수를 데리고 꿩 사냥을 나갔다가 어스름해서야 돌아와 보니, 일은 더욱 상서롭지* 못하게 번져 있었다. 양복 조끼의 사촌형이 돈 삼십 원을 주며, 이 돈만으로는 포수가 들

가막소 '감옥'의 사투리.
을러매다 을러대다. 위협적인 말과 행동으로 위협해서 남을 억누르다.
✤ 각을 떠 (잡은 짐승을) 머리, 다리 등으로 나누어.
상서롭다(祥瑞--) (무엇이) 복되고 좋은 일이 있을 기미가 있다.

사냥

을 리가 없으니 또 주재소에서도 소문으로라도 벌써 모르고 있을 리 없을 것이니, 주재소로 가서 때리는 대로 맞고, 그저 죽을 때라 잘못했노라 하고, 이 돈 삼십 원밖엔 해 놓을 수가 없으니, 이 돈으로 무사하게 처분해 달라고 빌라고 일러 보냈는데 돈 삼십 원을 넣은 양복 조끼는 주재소로도 포수에게로도 나타나지 않았다. 밤이 이슥해서는 그가 월정리역에서 어디로 가는 것인지 차표 사는 것을 보았다는 소문까지 퍼지었다.

사냥은 이렇게 마치고 말았다.

차가 창동을 지나니 자리가 수선해지는 바람에 한은 깜박 들었던 잠을 깨었다. 집이 있는 서울이 가까워 온다. 그러나 한은 조금도 반갑지 않았다. 그는 생각하였다. 단돈 삼십 원으로도 달아날 수 있는 그 양복 조끼에게는 세상이 얼마나 넓으랴! 싶었다.

■ 「춘추」(1942. 2) ; 『돌다리』(박문서관, 1943)

사냥 **작품 해설**

● 등장인물 들여다보기

| **한**

이 작품의 주인공으로, 학교를 다닌 지 열다섯 해 만에 윤을 만난 다고 한 것으로 보아 30대 중반 정도의 나이로 짐작되는 지적인 인물 입니다. '편집실', '교실' 등과 관련되는 일을 하다가 최근에 그만두고는 마음의 안정을 찾으려 고향으로 내려가 사냥에 나서지요. 작품 속에서 한은, 윤 및 윤이 주선한 포수들, 그리고 몰이꾼으로 동원된 마을 사람들과 함께 며칠 동안 사냥을 하면서 일어난 사건을 관찰하여 독자들에게 전달해 주는 역할을 해요. 그러나 사건을 단순하게 전달해 주기만 하는 것은 아니며, 사냥에 나서게 되는 자신의 심경과 아울러 사냥 중에 벌어진 사건이 가질 수 있는 의미에 대해서도 해설하거나 암시해 주는 등, 작품 전체를 이끌어 나가는 역할을 하고 있습니다. 〈달밤〉의 '나'나 〈패강랭〉의 현과 마찬가지로 작가 자신의 분신과 같은 인물이라 할 수 있어요.

| **늙은 포수**

전문 사냥꾼으로, 영리함과 권위를 함께 갖추어서 사냥뿐만 아니라 자신의 이익을 지키는 일에 철저한 인물입니다. 작품 속에서 묘사되는 사냥을 진두지휘하여 멧돼지를 잡고, 그 멧돼지가 누군가에 의해 훼손되자 지혜를 발휘하여 '곤색 양복 조끼'가 범인임을 밝혀내

지요. 나아가 범인인 곤색 양복 조끼에게 거액의 손해 배상을 요구하여 결국 그로 하여금 도망을 가게 만드는 인물이에요.

곤색 양복 조끼
주어진 질서에 맞추어 살기보다는 문제를 일으키고 질서로부터 달아나는 아웃사이더 유형의 인물입니다. 그는 당시의 시골에서 곤색 양복 조끼를 입는다거나 도리우치를 쓰고 지카다비를 신는 등 입성부터가 남달리 이채롭고, 하는 짓도 우스꽝스러운 희극 배우 같은 모습을 지니고 있지요. 사냥에 몰이꾼으로 참가하였다가 다 함께 잡은 멧돼지를 밤에 몰래 와서 훼손하고는, 늙은 포수에 의해 범인으로 밝혀져 거액의 보상을 요구받아요. 그러나 인근에 사는 사촌형에게 가서 그 보상금 조로 삼십 원을 받아가지고는 결국 보상을 하지 않고 달아나 버리고 맙니다.

윤
주인공 한의 오랜 친구로, 한의 부탁에 따라 사냥을 주선하는 인물입니다. 한과 달리 고향에서 대서업자로 자리를 잡고 살아가고 있습니다. 한때 민중을 위해 의분도 느꼈으나 이제는 민중은 어리석음에서 벗어날 수 없다고 생각하고, 현실에 영리해져서 자신의 삶에만 몰두하는 모습을 보이고 있지요.

● 작품 Q&A

"선생님, 궁금해요!"

Q 이 작품의 배경에 대해 설명해 주세요.

A 시간적 배경에 대해 작품 내에 이렇다 할 단서가 주어져 있지는 않으므로, 작품 발표 당시를 시간적 배경으로 보면 됩니다. 이 작품은 1942년에 발표되었어요. 당시 우리나라를 지배하던 일본 제국주의가 한창 제2차 세계대전을 벌이면서 우리 민족을 말살해 가던 때이지요. 작품 내에서 주인공 한이 하던 일을 못하고 쉬게 되는 것도 이러한 시대적 배경과 무관하지 않을 거에요. 그러니까 시간적 배경은 1940년대 초반이라고 보면 될 거예요.

공간적 배경을 살펴보면, 우선 작품에 '월정리역'이란 단서가 주어져 있지요. 작가 이태준의 고향이 강원도 철원인데, 월정리역도 철원에 위치해 있어요. 그러니까 공간적 배경은 작가의 고향인 강원도 철원이 된답니다. 한은 고향으로 내려가 사냥을 하면서 기분 전환을 하려고 하는데요, 이를 통해 한은 작가의 분신과 같은 존재라고 추측할 수 있어요.

Q 이 작품의 주인공은 누구인가요? 늙은 포수인 것 같기도 하고, '곤색 양복 조끼'인 것도 같고, 혹은 '한'이라는 인물도 주인공처럼 보여요. 누가 주인공인지 헷갈리네요.

사냥 137

A 그럴 만도 해요. 이 작품에서의 중요한 사건은 늙은 포수와 '곤색 양복 조끼' 사이에 벌어지지요. 그런데 이 두 사람은 작품 전체에 걸쳐서 작품을 이끌어 나가지는 않아요. 전체적으로 보면 이 작품은 '한'이라는 인물에 의해 전개되지요. 물론 한은 이렇다 할 사건에 직접 참가하지는 않으며 기분 전환을 위해 사냥을 하러 고향을 찾아와서는 사냥이 전개되는 과정에서 늙은 포수와 곤색 양복 조끼 사이에서 벌어지는 사건을 쭉 관찰하여 우리에게 알려 주는 역할만 해요. 그러니까 한은 작품의 시점을 제공하는 인물이라고 할 수 있어요.

물론 이 작품의 시점은 전지적 작가 시점이에요. 그러니까 서술자는 작품 바깥에 따로 존재하고 있으면서, 작품에 등장하는 인물들(한을 포함하여)이 어떤 행위를 하는지를 우리에게 서술해 주지요. 그런데 가만히 살펴보면, 작품은 마치 한의 시점에서 서술되는 것 같아요. 한을 '나'로 바꿔도 아무런 차이가 없을 정도이지요. 그러니까 이 작품은 전지적 작가 시점으로 서술되고 있는데, 그 전지적 작가는 오로지 한이라는 인물의 시각을 통해 보고 느낀 것만을 서술하고 있는 거예요. 다른 인물이 어떤 생각을 하고 있는지 그 속은 전혀 들여다보지 않고 오로지 한의 속만은 뻔히 잘 이해하고 있지요. 그래서 우리는 이 작품을 읽으면 한이라는 인물이 어떤 심경에서 사냥에 나섰고, 누구를 만났으며, 그 사냥을 통해 무엇을 관찰했고, 사냥이 끝난 뒤에는 무슨 생각을 했는지를 주로 이해하게 되는 겁니다. 그래서 비록 중요한 갈등에는 참여하지 않는다 하더라도, 이 작품의 주인공은 한이 될 수밖에 없어요.

Q 늙은 포수가 문제를 해결하는 과정이 흥미로워요. 그런데 한은 늙은 포수의 문제 해결 방법을 못마땅해하는 것 같아요. 왜 그런 건가요?

A 이 작품에서 가장 흥미로운 부분은 아마, 사냥에서 획득한 멧돼지가 밤새 누군가에게 훼손당하자 늙은 포수가 그 범인을 찾아내는 과정일 거예요. 누가 했는지 알 수가 없는 상태에서, 고기를 떼어 간 범인이 아침에 고기를 먹고 왔을 것이므로 물을 데워 와 그 속에 손을 담가 보게 하면 기름이 뜨는 손이 있을 거라고 하여 범인을 알아내지요. 곤색 양복 조끼는 물에 손을 담그기도 전에 초조한 기색을 드러내서 스스로 범인임을 알리고 말아요.

이렇게 범인을 색출해 내는 과정에서 늙은 포수의 영리함이 드러나는데요, 사실 그는 영리할 뿐 아니라 권위적이기까지 한 인물이에요. 여러 명이 동원되는 사냥을 총지휘하는 데도 능숙할 뿐 아니라, 멧돼지를 훼손한 범인을 찾아내는 과정이나 범인으로 밝혀진 양복 조끼에게 보상을 요구하는 과정에서도 아주 탁월한 모습을 보이지요. 그러니까 늙은 포수는 단순한 기술자, 즉 사냥이라는 자신만의 전문 영역에만 능숙한 사람이 아니라, 일종의 경영자나 법관 혹은 정치인 같은 면모를 보이는 겁니다.

가령 멧돼지가 훼손되어 자신이 입은 피해를 계산하는 모습을 보면, 피해액으로 피 다섯 사발에 50원, 쓸개 40원, 가죽 10원을 정확하게 따져서 도합 100원을 판결합니다. 거기에다가 "오늘 이 지경 됐으니 사냥헐 맛 있게 됐소? 오늘 하루두 우린 손해요."라고 덧붙여서 더 이상 흥정이 있을 수 없음을 선언하며, 나아가 오후 세 시까지 기다려도 소식이 없다면 주재소에 고소를 해 감옥에 보내겠다고 으름장까지 놓지요. 자신이 스스로 판결을 하고 그 피해액을 계산하며 자신의 요구가 받아들여지지 않을 경우 자신보다 더 큰 권위에 의지하여 신세를 망쳐 놓겠다는 협박까지 하는 겁니다. '오늘 하루도 손해'라고 하는 건, 사실은 피해를 본 부분만 정확히 계산하는 것이 아니라 아직 이루어지지 않은 미래의 피해까지(곧 발생하지 않을 수도 있는 피해까지) 포함시킬 수도 있으나 그것은 제외시켜 주겠다고 함으로써 더 이상의 다른 흥정은 없다고 막는 것이지요. 이처럼 철저하게 자신의 이익을 지키고자 능수능란하게 사람들을 다루는 모습 때문에 한은 이 늙은 포수의 문제 해결 방법을 못마땅하게 생각하는 듯해요.

물론 한이 처음에 이 늙은 포수를 얄미워하게 된 이유는 그가 아무 죄가 없을지도 모르는 마을 사람들을 죄다 모아 놓고서 범인을 색출하겠다고 나섰기 때문이에요. 아무리 그중 한 명이 죄를 저질렀을지도 모른다고 해도, 이렇게 여러 사람을 모아놓고 그들을 대상으로 범인을 골라내겠다는 것 자체가 사실은 이들의 인권을 침해하는 일이지요. 더욱이 한이 생각하기에 이들은 "선한 일이고 악한 일이고 시키는 대로 할 뿐인, 죄 없는" 사람들이에요. 그래서 한은 늙은 포수의 문제 해결 방법을 그들에 대한 모욕이라고 생각한 겁니다.

물론 한의 생각이나 바람과 달리 그들 중에서 '범인'이 나오지요. 그렇기는 하더라도 한이 계속 이 늙은 포수가 능수능란하게 문제를 해결해 나가는 과정을 상세하게 서술하는 것을 보면, 한은 늙은 포수의 이러한 능수능란함이 사실 힘없는 민중들을 지배하는 힘의 속성이라고 느끼고 있는 것 같아요.

Q 곤색 양복 조끼는 어떤 인물인가요? 특이해 보이는데 좀 모자란 인물인가요?

A 곤색 양복 조끼가 좀 특이한 인물인 건 맞지만 그렇다고 모자란 인물은 아니에요. 처음 한의 눈에 띄었을 때부터 곤색 양복 조끼는 현재의 질서에 순응하면서 살아갈 사람으로 보이지 않아요.

우선 그의 옷차림부터가 매우 이채롭게 보이지요. 시골 사람들은 잘 입지 않는 양복 조끼를 저고리 위에 입고 있고, 도리우치를 쓰고, 지카다비를 신고 있지요. 게다가 그는 얼굴이 두리두리하고 눈도 실룽거리는 것이 '어리숙해' 보인다고 해요. '어리숙하다'에는 '겉모습이나 언행이 치밀하지 못하여 순진하고 어리석은 데가 있다'는 뜻도 있으나 '제도나 규율에 의한 통제가 제대로 되지 않아 느슨하다'는 뜻도 있어요. 그러니까 그는 잘 통제되지 않는 사람인 거예요.

총을 만질 줄 안다는 것도 그의 '이채로움'을 더하는 요소이지요. 아마 당시의 대부분의 시골 사람들에게 도리우치나 지카다비, 총은 신기한 새 문물이라서 함부로 접할 용기를 내기 어려운 물건들일 겁니다. 그러나 그는 새로운 옷, 새로운 모자, 새로운 신발을 착용하는 데 아무 거리낌이 없고 심지어 총도 함부로 만지작거리지요. 그만큼 '모험심'도 있는 인물인 거예요. 총이 화제가 되자, 자신이 자칫하다 사람을 죽일 뻔한 이야기를 아무렇지도 않게 해서 다른 사람들을 웃기는데, 그만큼 주눅들지 않고 살아가며 그 나름대로 활력도 있다고 할 수 있어요.

Q 곤색 양복 조끼가 도둑질을 했고 심지어 문제를 해결하라고 사촌형이 준 30원까지 들고 달아났는데, 한은 오히려 그를 염려하는 듯해요. 왜 그런 건가요?

A 곤색 양복 조끼가 사냥으로 잡은 멧돼지를 남들 몰래 와서 훼손하고, 그 고기를 일부 썰어 가지고 간 것은 물론 일종의 도둑질일 수 있어요. 지금 우리의 상식으로 판단해도 그렇고, 남들 몰래 그런 짓을 한 것을 보면 곤색 양복 조끼 스스로도 도둑질이라고 생각했을 거예요.

그런데 사실 사냥은 여럿이서 같이 한 일입니다. 곤색 양복 조끼도 몰이에 동원되었으니까 멧돼지를 사냥하는 일에 참여한 꼴이죠. 만약 마을 사람들만 모여 사냥을 하였다면 멧돼지는 마을 사람들 모두의 차지가 되어, 다 같이 공평하게 나눠 가졌을 겁니다. 그런데 이 작품에서의 사냥에는 이미 '분업화'가 이루어져 있어요. 전 사회가 세밀하게 분업화되기 시작한 것은 '근대'라는 시대에 들어오면서부터예요. 이 작품에서는 근대의 분업화 논리에 따라 사냥을 총지휘한 '늙은 포수'가 사냥으로 포획한 대상에 대해 권리를 거의 독점하다시피 하는 구조로 사냥이 이루어지고 있지요. 다만 늙은 포수가 피해액을 계산할 때 '고기'에 대해 언급하지 않는 것을 보면, 아마도 고기는 사냥에 참여한 사람들에게 나눠 주기로 되어 있었을 거예요. 그러니까 실제로 양복 조끼가 가져간 고기는 그에게도 일부 돌아올 몫이었지요. 물론 양복 조끼는 쓸개가 탐이 나서 그런 짓을 벌였을 겁니다. 쓸개를 떼어 내려다 보니 피가 다 흘러나와 버렸고, 쓸개를 분간하지 못해서 헤집다 보니 쓸개가 터져 버렸고, 그렇게 터져 버린 쓸개 대신 뒷다리 살을 잘라 가려다 보니 가죽을 훼손해 버린 것이지요. 어쨌거나 혼자서 쓸개를 떼어 가려고 했으므로 양복 조끼가 자신의 것이 아닌 물건을 훔치려 한 것은 사실입니다. 주인공 한이 이처럼 도둑질을 한 양복 조끼의 행위를 옹호하려는 건 아닐 거예요.

그런데 이미 세상은, 늙은 포수가 보여 주는 것처럼 근대 사회의 방식에 따라 분업화가 이루어지고 네 것, 내 것의 구분이 명확하며, 그런 경제적 논리에 바탕을 둔 사회 질서가 어느 정도 자리잡혀 있습니다. 그로 인해 어리석은 민중들의 삶은 더욱 피폐해지는 겁니다. 양복 소끼는 바로 그러한 사회 질서를 제멋대로 어겨 버리지요. 면장을 하기도 한 사촌형이 30원을 주며 그것으로 피해 보상을 무마해 보라고 하지만 그 돈을 갖고 도망쳐 버리는 것도 제멋대로 질서를 어겨 버리는 그의 모습을 잘 보여 줘요. 그러나 30원은, 그에게는 큰돈이지만, 불과 멧돼지의 쓸개 하나 값도 안 되는 돈이에요. 게다가 근대 사회로 진입할수록 양복 조끼와 같이 사회 질서를 벗어나서 살아갈 길은 더욱 막막해지게 마련이에요. 이 작품에서도 늙은 포수는 돈을 갖고 오지 않으면 주재소에 넘겨 버리겠다고 양복 조끼를 협박하는데, 주재소가 의미하는 근대 경찰 제도와 그 배후에 있는 근대 사법 제도는 예전의 어떠한 법질서보다 더욱 철저하게 질서를 어긴 사람들을 규율하지요. 그래서 사실 양복 조끼가 달랑 30원을 가지고 도피 생활을 한다 해도 아마 그리 멀리, 오래 도망가지는 못할 거예요.

그래서 한은 "단돈 삼십 원으로도 달아날 수 있는 그 양복 조끼에게는 세상이 얼마나 넓으랴!"라고 생각하는 겁니다. 곧 한은 양복 조끼의 도둑질 자체를 옹호하는 것이 아니라, 나름대로 삶의 활력을 갖고 있어 기존의 질서에 부합해서 살아가기를 거부하고 탈주하는 양복 조끼가 얼마나 버틸 수 있을지 염려하는 거지요.

✻ 더 읽어 봅시다 ✻

일제 강점기를 배경으로 사회 질서로부터 벗어난 인물을 그린 작품

김유정, 〈만무방〉 _성실한 농군이었던 응칠과 응오 형제가 궁핍한 삶으로 인해 '만무방', 즉 '염치없이 막돼먹은 사람'이 될 수밖에 없는, 1930년대 식민지 농촌의 모순적이고도 절망적인 현실을 그린 작품이다.

작가 소개

이태준(1904 ~ ?)

지사적(志士的)인 마음가짐으로 빚어낸 단아한 단편소설의 세계

상허(尙虛) 이태준은 일제 강점기에 카프의 현실 참여 문학에 대한 반발 속에서 자신의 문학적 세계를 일구어 나갔으나, 해방이 되고 나서는 카프 출신 문학인들이 중심이 되어 건설한 조선 문학가 동맹의 부위원장 등으로 활동하다가 월북한 작가이다. 특히 카프 문학의 이념성과 계몽성이 문학을 도구시하는 데 반발하여 결성된, 1930년대의 순수 문학 서클인 '구인회'의 멤버로 활동하기도 했고, 1930년대 말에는 가람 이병기, 정지용 등과 함께 고전 취향의 순 문예지 「문장」을 주도하였으며, 우리 문장을 제대로 쓰는 일에 관심을 기울여 〈문장강화〉라는 책을 펴내기도 했다. 이런 활동의 바탕 위에서 그는 빼어난 단편을 다수 창작하여 현진건, 최서해에 이어 우리 단편을 완성시킨 소설가로 평가되고 있다.

일제 강점하 이태준의 문학 활동은 전반적으로 문학을 어떤 이념을 전달하거나 민중을 계몽하기 위한 수단으로 간주하는 태도를

카프(KAPF) 조선 프롤레타리아 예술가 동맹. 1925년 8월에 박영희, 김기진, 이기영 등이 중심이 되어 조직한 문학 단체이다. 노동자의 생활을 제재로 하여 그들의 사회·정치적 이념을 표현하는 문학을 하며, 여기에서는 예술을 계급적 이해를 위한 투쟁 형태로 인식한다. 정치성이 짙은 문학 운동을 조직적으로 전개하다가 일제의 탄압으로 1935년에 해산되었다.

비판하면서 문학의 예술성과 자율성을 중시하는 쪽으로 기울어져 있었던 것이 분명하다. 사실 1920년대까지의 우리 문학은 계몽적 성격을 크게 탈피한 것이 아니었다. 이광수 등의 초기 근대 문학도 그러했지만, 그 뒤를 이은 민족주의 문학이나 카프의 문학 역시 이념 혹은 사회성과 문학의 연관을 중시했던 반면, 예술 작품이 이루어야 할 미적 세계 자체의 합리적 구현에는 온전히 미치지 못한 면이 있었다. 물론 김동인 등 초기의 예술 지상주의적 흐름이 없었던 것은 아니지만 그의 경우 지나치게 반(反)사회적인 데로 기울어져 반대의 편향을 드러내었던 셈이었다. 1930년대 일련의 순수 문학의 흐름들은 문학의 계몽주의적 편향을 거부하고 미적 자율성의 구현을 일차적인 목적으로 삼으면서도 거꾸로 지나친 반사회적 경향으로 나아가지 않고 사회성과 예술성의 일정한 조화를 지향했던 점에서 중요한 문학사적 의의를 지닌다. 이태준의 문학도 역시 문학과 현실, 문학과 사회 사이를 갈라놓는 성격으로 이루어진 것이 아니며, 사회적 내용을 경시하고 기교만을 중시한 것도 아니었다. 글이란 글 쓰는 사람의 마음과 같다는 다음과 같은 이태준의 발언이 그것을 증명한다.

글은 짓는 것, 만들어 내는 것이니까 재주만 부리면 얼마든지 훌륭한 것을 쓸 수 있으리라고 생각하기 쉽다. 그래서 억지로 재주만 부리려는 이가 많다. 글은 마음의 사진이다. 자기의 글을 읽는 사람들은 자기의 마음속을 들여다보는 사람들이므로, 글을 쓰려면 먼저 내 마음속을 활짝 열어 보여도 수치스러움이 없도록 심경을 닦고 앉아야 할 것이다. 글은 곧 그 사람이다.

- 이태준, 〈글 짓는 법 ABC〉

요컨대 이태준은 문학을 이념 전달의 수단으로 간주하는 데 반대하고 문학 자체의 멋과 개성을 중시하면서, 그 멋과 개성이 바로 작가의 마음으로부터 유래하는 것인 만큼 글을 제대로 쓰기 위해서는 우선 작가 자신의 마음을 닦을 필요가 있다고 본 것이며, 그런 점에서 그의 문학은 단순한 예술 지상주의적 흐름과는 구별된다고 할 수 있다. 그의 단편들이 빼어난 성취를 이룩한 것도 단순히 문학의 개성적인 멋만을 구현했기 때문이 아니라, 그 개성적인 멋을 구현하기 위해 작가가 가져야 할 마음가짐을 중시했고, 이러한 지사적(志士的)인 자세가 작품 세계를 적절히 규율하고 있기 때문이다. 지사적인 마음가짐, 그것은 사실 매우 현실 지향적인 자세이기도 하기에, 그런 마음가짐에서 우러난 이태준의 문학 세계 역시 단아한 형식적 완성미와 아울러 강한 현실 연관성을 지니지 않을 수 없었다. 곧 이태준은 문학의 형식적·개성적 멋을 중시한 순수 문학자이면서도, 현실과 무관한 미의 세계에서 자족하지 않고 현실에 대한 나름의 비판적 안목을 구비한 '참여 문학자'이기도 한 것이다.

그의 작품 가운데에 유독 작가 자신의 분신과도 같은 화자나 주인공이 많이 등장하는 것도 '글은 곧 그 사람'이라는 그의 문학관과 관련이 깊다. 이 선집에 수록한 네 편 가운데에도 세 편에서 그러한 작가의 분신과 같은 인물이 등장한다. 〈달밤〉의 '나', 〈패강랭〉의 현, 〈사냥〉의 한이 모두 그러한 인물들이다. 〈달밤〉에서는 황수건이라는 못난이(사회적 약자)가 경쟁 논리에 밀려 살 길을 잃어가는 과정을 '나'의 눈으로 관찰해서 우리에게 들려주고 있고, 〈패강랭〉에서는 수인공 현이 평양을 찾았다가 일제 말기의 민족 동화 정책에 편승한 친구 김과 대립하는 모습을 그리고 있다. 또한 〈사냥〉에서는 주인공 한이 오랜만에 고향을 찾았다가, 사냥으로 포획한 멧돼지를 훼손하고는 사촌형에게서 그 보상비의 일부를 받아 도망 길에 나서는 인물의 이야기를 들려준다. 한편 작가의 분신과 같은 화자나 주인공이 등장하지 않는 〈복덕방〉에서는 부동산 투기에 나섰다가 실패하고 자살하는 어느 노인을 통해 자본주의적으로 변한 현실에 잘 적응하지 못하는 노인들의 이야기를 담고 있다.

이렇듯 이태준은 주로 당시의 현실, 즉 일본 제국주의에 의해 추진된 자본주의적 근대화로 인해 몰락하거나 쫓겨나거나 위축되어 가는 인물들을 그린다. 물론 이런 인물들과 달리 〈패강랭〉의 김은 현실의 변화를 직접 추종하는 인물에 속한다. 그러나 이러한 부정적인 인물 형상은 이태준 작품에서는 매우 드문 편이며, 〈패강랭〉에서도 현의 또 다른 친구인 박이나 기생 영월은 역시 일제 정책과 근대화로 인해 위축되어 가는 인물에 속한다.

이태준의 작품 세계를 옛 문물을 숭상하여 그를 모범으로 삼는 '상고주의'로 규정하는 견해들도 있는데, 〈패강랭〉의 현이 경제 논리를 내세우는 김에 맞서서 우리 전통 문화의 가치를 주장하는 것이라든가, 이태준이 고전 취향의 순 문예지 「문장」에 참여한 것을 보면 그러한 견해들도 일리가 없지 않다. 이태준의 작품에서는 사라져 가는 우리 것에 대해 안타까워하는 심정이 자주 드러난다.

그러나 〈달밤〉의 황수건이나 〈사냥〉의 곤색 양복 조끼(그는 곤색 양복 조끼를 입고 도리우치를 쓰고 지카다비를 신고 있다)와 같은 인물에 대해서 애정을 갖는 것을 보더라도, 이태준이 우리 전통에만 관심을 기울인 것은 아니다. 그는 일제 정책으로 인해 우리 민족이 수탈당하고 또 자본주의적 근대화로 인해 경제 논리가 우선시되는 풍조 속에서, 그로 인해 점차 설 자리를 잃어 가는 우리 민족과 민중 현실에도 깊은 관심을 기울였다. 일제 강점기에는 순수 문학을 표방하였다가 해방이 되고 나서 진보적인 문학인 단체인 조선 문학가 동맹에 참여한 것도, 단순한 변신이 아니라 작가 자신에게 이미 그러한 지향이 내재해 있었기에 가능했다고 볼 수 있다. 작가는 역시 자신의 분신과 같은 주인공 현이 등장하는 〈해방 전후〉라는 작품에서, 김 직원이라는 상고주의자와 결별하고 진보적 정치에 가담하게 되는 과정과 심리를 그려 내기도 했는데, 이는 자전적 작품으로 평가되고 있다.

연보

1904년 _ 11월 4일, 강원도 철원군 묘장면에서 개화파 지식인인 부친 이창하와 모친 순흥 안씨의 1남 2녀 중 장남으로 태어남. 본명은 규태(奎泰)이며, 호는 상허(尙虛), 상허당주인(尙虛堂主人).

1909년 _ 망명하는 아버지를 따라 가족 전체가 러시아 땅 블라디보스토크로 이주함.

8월, 아버지 별세로 귀국 후 함경북도 배기미〔梨津〕에 정착함. 서당에서 한문 공부를 함.

1912년 _ 어머니가 돌아가시고 고아가 되어 고향인 철원 용담으로 돌아와 친척집을 전전함.

1915년 _ 안협의 오촌집에 입양되었다가 다시 용담으로 돌아와 오촌 이용하의 집에 기거하며, 철원 사립 봉명 학교에 입학함.

1918년 _ 철원 사립 봉명 학교를 우등으로 졸업함. 자기 손으로 인생을 개척하겠다는 결심으로 집을 떠나 원산 등지에서 2년간 객줏집 사환 등의 일을 함.

1920년 _ 서울로 와서 배재 학당 보결생 모집에 응시하여 합격하나 입학금을 마련하지 못하여 등록하지 못함.

낮에는 상점 점원을 하면서 밤에 야학에 나가 공부함.

1921년 _ 휘문 고등 보통학교에 입학함. 이때 상급반에 정지용, 김영랑, 박종화, 하급반에 박노갑, 그리고 스승으로 가람 이병기가 있었음. 습작을 시작함.

1924년 _ 교지인 「휘문」학예부장으로 활동함. 동화 〈물고기 이야기〉 등 6편의 글을 「휘문」제2호에 발표함.

6월, 동맹 휴교 주모자로 지적되어 5년제 과정 중 4학년 1학기에 퇴학을 당한 후, 일본 유학길에 오름.

1925년 _ 일본에서 단편 〈오몽녀〉를 「조선문단」에 투고, 입선하여 등단함.

1926년 _ 동경 조치 대학(上智大學) 예과에 입학함.

신문·우유 배달을 하며 매우 궁핍한 생활을 함. 소설가 나도향, 화가 김용준 등과 교유함.

1927년 _ 조치 대학을 중퇴하고 귀국함. 각 신문사와 모교를 방문하여 일자리를 구했으나 취업난에 직면함.

1929년 _ 종합 잡지인 개벽사에 입사함. 「학생」, 「신생」 등의 잡지 편집에 관여함. 〈어린 수문장〉, 〈불쌍한 소년 미술가〉 등의 소년물과 콩트를 다수 발표함.

1930년 이화 여전 음악과를 갓 졸업한 이순옥과 결혼함.

1931년 _ 중외일보 기자로 근무함. 이후 「중외일보」가 폐간되자 그 후신인 조선중앙일보 학예부 기자가 됨. 장녀 소명이 태어남.

1932년 _ 이화 여대의 전신인 이화 여전, 이화 보육 학교, 경성 보육 학교 등에 출강하여 작문을 가르침. 장남 유백이 태어남.

1933년 _ 박태원, 이효석 등과 함께 '구인회'를 조직함.

3월, 조선중앙일보의 학예부장에 임명됨.

경성부 성북정 248번지로 이사함.

1934년 _ 단편집 『달밤』(한성도서)을 출간함.

1935년 _ 조선중앙일보 퇴사 후 창작에 몰두함.

1937년 _ 단편집 『가마귀』(한성도서), 장편 『구원의 여상』(영창서관), 『제2의 운명』(한성도서)을 출간함. 단편 〈오몽녀〉가 나운규에 의해 영화화됨.

1938년 _ 만주 지방을 여행함. 『황진이』를 출간함.

1939년 _ 문장의 편집자로 재직하면서 신인 작품의 심사를 맡음. 〈문장 강화〉를 「문장」에 연재함. 『이태준 단편선』(박문출판사), 『딸 삼형제』(문장사)를 출간함. 황군 위문 작가단, 조선 문인 협회에서 활동함.

1941년 _ 제2회 조선예술상을 수상함.

1943년 _ 강원도 향리로 낙향하여, 해방 전까지 그곳에 칩거함.
단편집 『돌다리』(박문서관), 장편 『왕자 호동』(남창서관)을 출간함.

1945년 _ 문화 건설 중앙 협의회, 조선 문학가 동맹, 민주주의 민족 전선 등의 조직에 참여함. 문학가 동맹 부위원장, 현대일보 주간을 역임함.

1946년 _ 민주주의 민족 전선 문화부장으로 활동함.
장편 〈불사조〉를 「현대일보」에 연재함.
7~8월경에 월북함. 〈해방 전후〉를 발표하고, 이 작품으로 제1회 해방기념 조선문학상을 수상함.
8~10월, 방소 문화사절단으로 소련을 여행함.

1947년 _ 단편선집 『복덕방』(을유문화사), 『해방 전후』(조선문학사), 『소련 기행』(백양당)을 출간함.
월북 이후 최초 장편인 〈농토〉를 발표함.

1948년 _ 8·15 북조선 최고 인민회의 표창장을 받음.

1949년 _ 북조선 문학 예술 총동맹 부위원장, 국가 학위 수여 위원회 문학분과 심사 위원이 됨.

1950년 _ 6·25 전쟁 중 낙동강 전선까지 종군하였다가 돌아오는 길에 서울에 들러 문학가 동맹 사람들에게 전과 보고 연설을 함.

1952년 _ 남로당과 함께 숙청될 위기에 놓이지만 소련파 기석복의 도움으로 제외됨.

1956년 _ 소련파의 몰락과 더불어 과거 '구인회' 활동의 반동성과 사상성의 불철저를 이유로 가혹한 비판을 받고 숙청됨.

1957년 _ 함흥 노동신문사 교정원으로 일함.

1958년 _ 함흥 콘크리트 블록 공장의 파고철 수집 노동자로 배치됨.

1964년 _ 중앙당 문화부 창작 제1실 전속작가로 복귀함.

1969년 _ 김진계의 구술에 따르면(『조국』, 현장문학사), 1월경에 강원도 장동 탄광노동자 지구에서 사회보장으로 부부가 함께 살고 있었다고 함. 그러나 그 이후의 소식은 알지 못함. 일설에는 1953년 남로당파 숙청 이후 자강도 산간 협동농장에서 막노동을 하다가 1960년대 초 병사한 것으로 알려짐(강상호, 〈내가 치른 북한 숙청〉, 「중앙일보」 1993. 6. 7).